新潮文庫

友喰い

鬼食役人のあやかし退治帖

大塚已愛著

新潮社版

11854

目次

CONTENTS

登場人物

CHARACTERS

坂《さか》下《した》勇《ゆう》悟《ご》

山林の治安を守る山廻役人。
なんでも喰らう化け物喰い。

加《か》当《とう》平《へい》九《く》郎《ろう》

坂下の同僚。
二十歳過ぎ。
怪異の犠牲になりがち。

小《お》野《の》寺《でら》甚《じん》五《ご》郎《ろう》

二人の上司で林奉行を務める。
書物ばかり読んでいる。

友喰い

鬼食役人のあやかし退治帖

TOMOGUI

友喰い

第一話

如何物喰い

IKAMONOGUI

　其の肉の腐《くさ》り爛《ただ》るるを吝《をし》みて、肉を吸ひ骨を嘗《な》めて、はた喫《くら》ひつくしぬ。寺中の人々、『院主こそ鬼になり給《たま》ひつれ』と、連忙《あわただ》しく迯《に》げさりぬるのちは、夜々《よなよな》里に下りて人を驚殺《おど》し、或《あるひ》は墓をあばきて腥々《なまなま》しき屍《かばね》を喫ふありさま、実《まこと》に鬼といふものは、昔物がたりには聞きもしつれど、現《うつ》にかくなり給ふを見て侍れ。

雨月物語　巻之五　青頭巾

一

嘉永《かえい》四年、水無月。甲斐国《かいのくに》。

巳《み》の刻を過ぎたあたりか。

江戸の空とは異なって、甲州の空は随分と低く思える。突き刺すようにそびえ立つ、富士の山のせいかもしれない。

しかし、今日は分厚い雲が空を覆い、富士の姿は見えなかった。

山廻《やままわり》役人・坂下勇悟《さかしたゆうご》は自室で書を繰りながら、ぼんやりとそんなことを考える。

曇天はあまりに暗く、そのうち雨になるだろう。非番で良かった、とも思う。

山廻役人とは、山中で、勝手に木を伐採する不届き者が居ないかを見張ることが役目だ。体力さえあれば、他は問われない仕事でもある。

普段は同僚と共に山中を巡るのだが、しかし、今日は折良く非番であった。

雨の日は、どうにも胸のあたりが痛くなる。古傷が痛む、と言うやつだ。こういう日は、山中に入るのが億劫《おっくう》になる。上司に倣《なら》って書でも読むのが一番だった。

書物は良い。自分が賢くなったような気もするし、胡乱《うろん》な自分の頭の中も、多少は物が満ちる気がする。

坂下は、ふと、この書を貸してくれた小野寺《おのでら》を思い出す。

坂下の上司である、林奉行・小野寺甚五郎《じんごろう》は書痴である。がりがりに痩《や》せた四十絡《がら》みの小男で、日がな一日暗い書庫に籠もりきり、本を収集するのが唯一の愉《たの》しみという人間だった。元は坊主であったと聞くが、詳しいことは何も知らない。特に話したこともない。ただ、この男の言葉には妙に逆らえない。落ちくぼんだ目でじろりと見つめられると、なんとはなしに言うとおりにしてしまう。

小野寺と坂下は、文字通り腐れ縁である。十ばかり小野寺の方が年上で、坂下の仕官が叶ったのも、彼の口利《き》きがあってのことだ。そのことに感謝はしているが、友人とは言いがたい。

甲州に来てから知り合った、同僚の加当平九郎《かとうへいくろう》という男もいた。

年は二十歳を過ぎたあたりだろうか。年の割に童顔で、愛想よくしていれば人好きのする風なのにいつも険しい顔をしている。あまり喋《しゃべ》りたがる方ではないが、坂下とは何《な》故《ぜ》か不思議と馬が合う。似たもの同士というわけではないが、こちらは妙に、反りも合う。

小野寺とは旧知の仲で、林奉行になった折り、わざわざ諏訪《すわ》から呼び寄せた男であるらしい。そのあたりも自分と似ている。

そんなことを考えながら書を繰っていると、廊下から老僕のしゃがれた声がした。

「旦那様。小野寺様より、使いの者が。直ちに屋敷まで来ていただきたいとのことでございます」

噂《うわさ》をすればなんとやら、と言うものだろうか。非番の日に小野寺が呼び出しをする以上、それは何かの意味がある。

「そうか。では、直《す》ぐに参ろう」

老僕に返事をすると、坂下は読んでいた書を閉じる。今日中に読み終えて、明日には返すつもりであったが当てが外れた。

着替える前にふと外へ目をやると、ますます雲が垂れ込めて、今にも雨が降りそうだ。雨というのはこの世の幕だと言う話だが、これは切って落とす方の幕なのか、あるいは下ろす幕なのか。

胸の奥でそう独りごち、坂下は薄く笑った。

二

――しくじった。

加当平九郎が、目覚めて真っ先に考えたのはそれだった。

周囲が酷《ひど》く暗いのは、明かりがないからだけではない。目玉を片方、抉《えぐ》りとられているからだ。それ故《ゆえ》視野が半分欠けている。光を取り込む量も半分だから、だからこんなに暗いのだ。

湿った土の匂いと独特の黴《かび》臭さに、加当は、未《いま》だ自分が土蔵に押し込められたままだと察する。ご丁寧に、足は腱《けん》を両方とも切られた上に何か縄のようなもので括《くく》られているし、両腕は天井か壁から伸びている鉄鎖で雁字《がんじ》搦《がら》めに吊られているらしい。手加減無しに吊られているせいで全身の骨が酷く痛んだが、そんなことより、頭から烏《う》狗血《こうけつ》をぶっかけられているせいで、生臭くて敵《かな》わなかった。

烏狗血というのは、烏《う》骨鶏《こっけい》と黒狗《くろいぬ》の血を混ぜたもので、化け物にかければ妖力を削《そ》ぐという大陸の呪法である。そして鉄鎖での束縛というのも同じ事で、古今東西を問わず、化け物は人間の唾液と鉄に弱いとされていた。一応は人間であるはずなのに、化け物扱いされるのは腹が立ったが、それを言っても仕方あるまい。

まったく抜かったものだ、と加当は己の間抜けさに歯噛《はが》みする。

油断したわけでは特にないが、意表を突かれたという意味では、やはり些《いささ》か等閑《なおざり》だったであろう。

あれからどれくらい自分は意識を失っていたのだろう。

　加当は、ゆっくりと記憶を辿《たど》る。

　事の起こりは、上司である小野寺から、『失踪した住職を確保せよ』という命令が下ったことだ。

　どこの寺かと尋ねると、山の上にある蓮妙寺《れんみょうじ》という山寺だと言う。

　そんな寺があることなど知らなかったと告げると、小野寺は淡々と「古い話だからな」とだけ言った。

　失踪した住職を『探し出せ』ではなく『確保せよ』、というのが随分と焦臭《きなくさ》い話であるのだが、いつものように小野寺からの詳細な説明は何も無い。ただ、『確保に際して生死は問わない』という言葉が添えられ、焦臭さを更に増幅させていた。

　正直いやな予感しかなかったが、しかし、命令は命令である。加当は小野寺には逆らわない。だからその命を黙って受け、ひとり、山頂にある山寺を訪れたのだ。

　このあたりにある寺は、大体が日蓮《にちれん》宗だ。しかし、この寺は見た感じ、密教か何かの雰囲気が強くある。山門の彫刻など見事なものだったが、しかし、今はただの無人の廃屋と化している。

　予想していた物取りの気配もなかった。外部から押し込まれた様子もなく、門には閂《かんぬき》さえかかっていない。

住職が失踪しているわりに、建物は思ったより荒れてはいなかった。閑散として人の気配も何もないが、雨漏りもしている風ではないし、門柱も朽ちた様子は何処《どこ》にもない。普通、主が居なくなった家屋敷は、一月もしないうちに建物が朽ち果てて、見るも無惨な姿になるものらしいが、そうでないということは、何者かがこの近くに潜んでいると考えても良いだろう。

案外早くけりがつくかも知れないと加当は考えて、山門を静かに潜《くぐ》った。

土足で玄関を上がり、廊下を歩く。こういう時の加当は、まるで野生の獣のように用心深く、足音どころか気配さえ立てない。

寺の造りというのは何処も共通のようであり、玄関を抜けて真っ直ぐ歩くと、やがて仏間へと辿り着いた。

仏間には、薄く埃《ほこり》が積もっており、その上には足跡一つ無い。仏像には明るくないから、置かれている本尊が何の御仏《みほとけ》かはわからない。ただ、花瓶《けびょう》に生けられた花は乾ききっている。少なくとも半月は、此処《ここ》に足を踏み入れたものがないという証拠だった。

金の法具もそのままで、外部から侵入した賊にその住職が殺されたのではないかという予想は、これで完全に外れた事になる。

次の間は厨《くりや》になっているようだ。加当は、あえて無造作に戸を開けた。用心のためである。

こんな時、ゆっくりと戸を開ければ、もし敵が潜んでいた場合、逆に相手に狙うきっかけを教える事になるからだ。

厨の扉を開けて一拍後、中から鼠《ねずみ》が数匹飛び出してきた。爪先で一匹の腹を蹴り上げ、宙に浮いた鼠の尾を抓《つま》んで観察すると、鼠は丸々肥えていた。大きく暴れるので、すぐに放した。

こんな人気の無い場所で、ここまで鼠が肥えているのは妙な話だ。

そっと室内を窺《うかが》った加当は、一瞬だけあっけにとられた。

厨の中には、人骨が堆《うずたか》く積まれていたからだ。

鼠はこの骨にこびりついた肉を食って生きていたらしい。

竈《かまど》に火は入っていないが、薪の代わりに人骨をくべていたらしい形跡が見て取れた。

何のために骨なんぞを燃やしていたのだろうか、と加当は首を捻《ひね》った。火力なら薪や炭の方が余程にある。処分に困って燃やしているわけでもなさそうだ。

詳しく人骨を調べると、大人から子供まで様々なものが揃《そろ》っていた。骨盤の形から、すべて男のものだとすぐに察する。何故か皆、一様に頭蓋骨だけが欠落していた。

どことなく、不吉を感じた。

この寺は、やはり妙だ。少なくとも真っ当では無いと、加当は思った。小野寺は何も言わなかったが、やはりここはどうにも怪しい。

加当は厨を抜け、更に寺の中を探索した。

此処へ入り込んだときは、さほど荒れては居ない印象だったが、畑は荻《おぎ》や薄《すすき》が身の丈よりも高く生い茂り、門へ行く道さえ消えかけていた。馬小屋の戸は左右に倒れ、茶室や庫裏《くり》に続く廊下も朽ち目が雨を含んで苔生《こけむ》していた。

まるで下野国《しもつけのくに》の鬼の住処《すみか》のようだと思った。

不意に下方から、ガサガサと草を分ける音がした。加当がそこへ視線をやると、厨から逃げた鼠が朽ちかけた蔵の中へと入っていくのが見えた。

目を凝らすと、木陰にあるその土蔵の周りだけ踏み固められ、うっすらと獣道のような道が本堂に続いているのがわかる。加当は用心を重ねつつ、静かに土蔵へ近づいた。

土蔵には、鍵どころか閂さえかかっていない。

重い扉を開くと、むっとするような獣臭と、腐敗した血と肉の甘いような臭いが顔を叩《たた》いた。

土蔵の中を覗《のぞ》き込むと、床には鼠の死体が数体散らばっている。鼠の死体には別の鼠が群がって、がつがつとその骸《むくろ》を喰っていた。共食いかと、加当は顔を顰《しか》める。

鼠たちは死んでまだ新しいのか、齧《かじ》られたあとからは、てらてらと紅い肉が覗いて、床に小さな血だまりを作っている。

その様子を目で追っていた加当は、部屋の隅に襤褸《ぼろ》布に包まれた枯れ木のようなものが転がっているのに気がついた。一瞬後に、それが骨と皮ばかりにやせ細った人間だと気付き、加当は思わず土蔵の中に踏み込んだ。

　襤褸布は、薄汚れた僧服のようだった。ならばこの死体は探していた住職だろうか。そう考えて加当は爪先でその死体を蹴転がす。すると、死体が微《かす》かに呻《うめ》いた。生きている。加当は少し慌《あわ》ててそれを抱き起こす。

「おい、あんた、大丈夫か」

　小野寺よりも痩せた人間というのを加当は初めて見た。俗に言う『骸骨に皮が張り付いたような』という表現が、誇張では無いのも初めて知った。

　この痩せ方は尋常では無い。少なくとも三ヶ月は碌《ろく》に物を喰っていないようだ。

　何度か頬を軽く叩くと、男は落ちくぼんだ目をうっすらと開け、加当を見た。ぼんやりとしているくせに、妙に精気に満ちて光る目だ。焦点が定まった途端、その目が不意に歓喜に染まった。

　力なく手を伸ばし、加当の腕を摑《つか》む。掠《かす》れきった声で言った。

「ちよまる……」

　水気も失《う》せてかさかさに乾いた声で誰かの名を呼ぶ男に、これはやはり住職であったと加当は確信する。

「しっかりしろ。林奉行の命令であんたを探しに来たんだ。ここで、一体何があった」

「ちよまる、よく、かえってきてくれた……」

男は加当の腕に、凄《すご》い力でむしゃぶりついて離れない。譫言《うわごと》のように『千代丸』と繰り返し、何処に水気が残っていたのかと思える程に、目から大量の涙を流す。

命が助かったという安堵《あんど》より、もっと鬼気迫るものがそこにはあった。尋常な振る舞いではない。

その様子に、加当は、何があったのかを聞き出すより、男を落ち着かせる方が先決だと判断した。何か使える物はないかと辺りを見回し、加当は一瞬だけ男から目を離す。

それが、命取りになった。

目を離したほんの一瞬、男の手が加当の額に伸びた。振り払う間もなく、乾いた掌《てのひら》が額に押し当てられる。

瞬間、加当は全身から一気に力が抜け、土蔵の床に倒れ込んだ。全身が奇妙に痺《しび》れ、力が全く入らない。まるで体中の全ての糸が切れてしまったかのようだった。そのまま意識も奈落の底に吸い込まれていくようにゆっくりと消えていく。

急速に薄れ行く意識の中で、男の掌に、赤い血で何かの符印が書かれているのを見て取った加当は、急に動けなくなった理由をそこで悟る。

――子《ねずみ》の血で書いた符印なら、やはりこれは……

最後にそう考えて、加当の意識はふっつり途切れた。

　そういうわけで、目覚めた時には、もう加当はこの有様だった。片目を抉られたのは、意識を失っている間だったらしい。痛みは殆《ほとん》ど無いのだが、瞬《まばた》きをする度に、瞼《まぶた》の下にあったはずの眼球を感じられないのは正直不快だ。

　男の姿は消えていた。

　何処へ行ったのかはわからない。ここへ戻るかも不明だが、それはそれで困る事態だ。額に押しつけられた符印の効果は、ぶっかけられた烏狗血のおかげで、印が汚され消えている。しかし、ご丁寧に足の腱を切られては、逃げ出すどころか身動きすらもかなわない。並々ならぬ用心深さだと加当は思う。あの男の一連の流れが、妙に手慣れているのだ。

　加当は残った右目であたりを探る。土蔵には明かり一つ無く、割れた壁の隙間から入る僅かな光だけがあたりをぼんやり浮かび上がらせていた。

　その微光だけを頼りに闇を透かすと、ある一角に錆《さ》びた斧《おの》や鋸《のこぎり》、そして包丁が纏《まと》めて置かれているのがわかる。

　加当はその有様に、尚更鬼の住処を連想した。

　その連想と、今、己が置かれている状況を鑑みれば、自ずと答えは出ようというものだ。

——まるで黒塚だ。

苦々しくそう思うと、加当はペッと床に唾を吐いた。なんとなく胸がむかついてきたからだ。

男が戻ってきたのは、それからしばらく後だった。

三

戸が開くと同時に、まばゆい光が土蔵に差し込み、加当は顔を歪《ゆが》めた。ずっと暗所に居たせいで、光の刺激に刺すように目が痛む。

床に映った影だけで、男が戻ったのを知った。ちらっと男を一瞥《いちべつ》した加当は、不味《まず》い物でも喰ったような顔になり、以降は極力そちらを見ないように露骨に目を逸《そ》らす。

それを見て、男が嬉《うれ》しそうに口を開いた。

「ああ、目が覚めたのか、千代丸」

先刻の狂乱が嘘《うそ》のように消えている、落ち着き払った理知的な声だ。

答える義理はないので黙っていると、男がゆっくり近づいた。

「あの時みたいに目覚めないかと思って心配したぞ。だが、よかった」

言葉だけ聞けば、小野寺よりも遥《はる》かに人間らしい温情に満ちた僧侶の物言いだ。しかし、加当はその男の目を見て、それは違うと悟っている。

男の目は、情欲に酷く似た何かでぎらついていた。髑髏《どくろ》に皮を張り付けただけのように見えるその顔は妙な歓喜に満ちあふれ、今にも死にそうなほどに痩せているくせに、その体には精気がみなぎっている。

何も訊《き》いてはいないのに、男は勝手にべらべらと、実に饒舌《じょうぜつ》に語り出す。

「此処で孤《わたし》はずっとお前を思っていたのだ。先において行かれたとして、それでもきっと帰ってきてくれるだろうと。何故なら、孤は……」

痩せ細った躰《からだ》のくせに、声だけは朗々としているのが妙だった。先刻のあのかささに乾いた声とは全く違う。自分がどれくらい気を失っていたのかはわからないが、外がまだ明るい事から、一刻《いっとき》も経《た》っていないと思われた。

僅かな間に、何故この男の声はここまで回復しているのだろうか。

その加当の疑問は、すぐに解消された。

男の手から、ぽろりと白い球体が零《こぼ》れたからだ。こつり、と音を立てて床に落ちたそれに、反射的に視線を投げた加当は、一瞬だけ凍り付く。

濡《ぬ》れたようなその球体は、明らかに人の目だとわかったからだ。それは、加当の左目の残骸だった。

「まさか……」

思わず漏れた呟《つぶや》きに、男が嬉しそうに言う。

「ああ、やっと喋ってくれた。前みたいに、舌を噛まれては困ると思って、符を強めにしていたのだが、喋る力も奪ってしまっていたかと心配していたのだ。やはりお前は強い子だなぁ」

　そう言いながら、男は床に落ちた目玉を拾う。その目玉には中身がなかった。瞳孔の部分が抉られて、そこから透明な液体がほんの少し漏れている。

　それに気付いた男が、漏れた液体を慌てて啜《すす》った。焦《あせ》ったような声で言う。

「折角の晶液が零れてしまうところだった。お前の目玉は格別に液が多いというのを忘れていたよ」

　その言葉に込められた意味に気付いた加当は、背筋にすっと冷たい物が流れるのを感じる。

　一つは、この男は、以前に自分だと勘違いしている誰かを喰った事があるという事。

　そしてもう一つ、この男は、そいつ以外にも、人かそれに準ずるものを喰った事があるという事にだ。

　この部屋の、黒塚という印象は間違っていないらしい。

　本堂にあった、あの骨の山の謎も解けたと思った。

　極力この男と口はききたくなかったが、そういうわけにもいくまいと、加当は腹を括る。

　できる限り素っ気なく、低く訊いた。

「……手前《てめえ》があれらを喰ったのか」

　その問いに、上機嫌に男が答える。

「物を言う生き物は歯に堅い。赤子だろうが爺《じじい》だろうが、人の目玉というのは、白目が堅いから、瞳孔をほじらねば晶液が啜れない。だから、錐《きり》を探しに行ってきた」

　微妙に噛み合わない。加当は厨にあった骨の山のことを訊いたのだが、男は抉ったばかりの眼球のことを言っているようだ。どちらにしても胸糞《むなくそ》が悪い話には違いなかった。

「瞳孔をつつくと、すぐに破れる代わり、瞳が白く濁ってしまう。真っ黒な目をそのまま喰うのは無理なのだろうか」

　更に胸糞の悪い事を言う男を、加当は悍《おぞ》ましく見る。

　思わず怒気を含んだ声で叫んだ。

「僧侶の癖に、手前、堕《お》ちたな」

　加当の罵倒に、男はうっすら笑った。笑う骸骨というのは陽気な物の筈《はず》なのに、随分と水気のある笑みだと思う。

　笑う骸骨は歯を剝《む》き出しながら陽気に言った。

「ああ、やはりお前は生きが良い。目玉もとても美味《うま》かったし、孤の腹を満たせるのはやはりお前だけなのだ。他の子達も美味かったが、食えば食うほど餓《かつ》えていった。餓えを抑える為《ため》に食い続けても、喉の渇きは収まらず、腹もくちくはならなかった。最初に食ったお前だけが、孤を満たしてくれた」

心底嬉しそうなその声に、この男は狂っている、と加当は今更ながらに思い知る。会話が全く成立しない。

男は加当にすがりつく。乾ききった肌が自分の頬に擦れる感触が気色悪い。

しかしこれは、千載一遇の機会だった。口は動くのであるから、喉笛を噛み切ってこの男を殺せばいい。そうすれば全て終《しま》いだ。自分もここで朽ちるかもしれないが、少なくともこの男の業《ごう》は止められる。

しかし加当は男を殺すことが出来なかった。

加当は確かに男の喉笛に食らいついた。しかし、かつん、と咬《か》み合わさった歯だけが鳴る。

己の喉で、鋭く歯が鳴る音を聞き、男がうっとりと呟く。

「お前はやっぱり変わらぬなぁ。あの時もお前はこうやって、孤が道を踏み外す前に殺そうとしてくれたのだった。でも、結局は孤を殺すことが出来なくて、自死を選んだのだったっけ」

しくじったという思いより先に、今の感覚は何だと戸惑う。相手が触れる感触はあるのに、己は相手に触れられない。

これは死人だ。死人を殺すのは少なくとも己には無理である。

この男を殺し損ねたせいで自分が被る今後のことを思いながら、加当はぼんやりそんなことを考えた。

土蔵の隙間から湿った風が吹いている。

雨が近いと、そう思った。

四

坂下が小野寺の屋敷にたどりついたのは、雨が降り出す寸前だった。

小野寺は相変わらずの仏頂面《ぶっちょうづら》で、開口一番こう言った。

「悪いが、仕事を頼まれてくれぬか」

面倒事は嫌だと断ろうとする坂下の機先を制するように、間髪入れず小野寺は言葉を続ける。

「加当を迎えに行って欲しいのだ」

「なんでまた、あいつを迎えに？　迎えが必要な年でもなかろう」

仮にも上司であるのだが、長年の付き合いの素が出てしまい、ついつい伝法《でんぽう》な口調になった。

「迎えが必要な年ではないが、迎えが必要な体になっているかもしれぬのでな」

部下を咎《とが》めるわけでもなく、小野寺の声は淡々としている。その言葉に何かを察し、坂下は、やっぱり予想通りの目が出たのだとぼんやり思う。

「それは《本業》がらみかね？」

「そういうことになるな。南部のあたりの山中で、旅人が行方知れずになる事件が度々起こり、そのうち杣人《そまびと》や猟師までもが消えるようになったのだ。山賊だの獣だのであればどうと言うこともないのだが、万一あれらであった場合、少々ややこしいことになる」

「確かにな」

坂下は、些か面倒そうに頷《うなず》いた。

富士の麓に広がる樹海には、幾つかの大穴が空いている。大抵は行き止まりなのだが、中には地獄や根の国につながっている場所があり、そこからしばしば化け物が《涌《わ》く》のだ。

化け物の正体は様々で、小さな虫の形をした神も居れば、山一つ分の大百足《むかで》だの、半神半獣の猪《しし》だのもいる。それらは山中にある限り、普段はさほど害を為《な》さぬが、ごくまれに、人に出会うと実に妙な具合になる。

故に、そいつらが出てこないように見張るのが林奉行と山廻りの役目であった。

ここに送り込まれた林奉行の《本業》は、驚く勿《なか》れ『妖怪退治』だ。妖怪退治というよりむしろ、『神殺し』に近いだろうか。

この国の神というのは他の国とは少し違って、規格外のモノをとにかく神として祀《まつ》る。そもそもがこの国の『神』は霊《かみ》であり、それには人の作った道理から外れたモノが含まれる。まっとうな神とやらも多いのだろうが、しかし、汚れたままの神もいるし、怨《えん》嗟《さ》しか与えない神もいる。荒神や祟《たた》り神のように、退治されたり、既に信仰の対象から外されたりした神もいる。

どういう加減か知らないが、こういう山には、そういう神の名残がぞろりと涌くのだ。

それが平地へと降りていかないよう、見張って殺すのが、ここに送り込まれた林奉行の《本業》だった。山廻りなど、世間の目をごまかすものに過ぎない。

甲州の山以外にも、そういうものが涌く山はある。そういった場所にも同じような連中が派遣されている。

何故、わざわざよそ者が派遣されるかと言えば、元が何であろうが、この国で、神を殺すのは禁忌だからだ。怨霊《おんりょう》を慰めるために神として祀るという方法で、災いを守護の力へ転化している。故に、一度神となったモノを殺すにはそれなりの危険を伴う。ヤマトタケルの例を挙げずとも、神殺しの英雄の末路が大概不幸というのはそういうことだ。

　だから竹篦《しっぺい》返しを畏れ、人々はどんな悪神であろうが自らの手は穢《けが》さない。岩見重太郎の狒狒《ひひ》退治ではないが、神殺しは流れ者にまかせるのが常套《じょうとう》だ。

　小野寺が幕府によって神殺しを命じられているのには訳がある。小野寺も坂下も、加当も――、いや、この林奉行に関わるすべてが、すこうしばかり変わっているからだ。

　規格から外れたものが神であるなら、規格から外れた人もまた、似たようなものだという、そういう屁理屈《へりくつ》だ。

「三月前の月の夜だ。熊撃ちの狩人がな、身延《みのぶ》の近くの山寺で妙なものを見たというのだ」

「妙なもの？」

「あそこに棲《す》み着いた坊主が、墓を掘り返しては埋め戻し、しばらく経っては掘り返す。そんなことを一晩中繰り返していたらしい」

「その狩人も一晩中、その坊主を見ていたのか」

　暇なやつだと冗談交じりに言ってみるが、小野寺はにこりともしなかった。陰気な声で先を続ける。

「目が離せないほどに鬼気迫っていたらしい。そこに棲み着いた坊主には、身の回りの世話をさせるという名目で稚児《ちご》が居たそうなのだがな。多分、それが死んだのだろう、と狩人めは言っていた。あのあたりの山で、男ばかりが消えはじめたのもその頃だ」

「なるほど、わかった。人が消えることと、その坊主には関わりがある、と踏んだわけだ」

「うむ。しかし、どの程度の関わりかわからぬのでな。主犯ならともかくも、操られているだとか、すでに殺され、成り代わられている場合もある。だから、そこを探れと加当に命じたのだが――」

「加当は戻ってこなかったんだな」

「ああ。しくじったかもしれぬと思ってな。それで、お前を呼んだのだ」

　坂下の問いに、小野寺が陰鬱そうな声で答えた。

「しくじった？」

「その坊主が完全に成り代わられているならともかく、僅かでも人を残していたのなら、あれには斬れぬ。あれは我らと異なって、人を捨ててはおらぬのでな。だから、人を残した連中には弱いのだ」

「俺だって別に、人を捨ててるわけじゃない。お前と一緒にするなよ、小野寺」

「確かに捨ててはおらぬだろうが、さほど残りがあるわけでなし。……まぁいい、どうせただの水掛け論だ。いずれにせよ、加当はもう三日戻っておらぬ。何かあったは必定だろうな」

その言葉に、坂下はやれやれ、と心の中で独りごちる。悪い予感は確信に変わっていった。

「あれはそういえば、少しばかり丈夫なだけで、ほとんど普通の人間なのだ。たまに私は、それを忘れる」

ため息交じりにつぶやく小野寺に、坂下は仕方ないと肩を竦《すく》める。

「わかったよ。お前が探しに行ったところで、お前の方が遭難しそうだ。俺が適任なのだろうな」

雨の中出かけるのは面倒だったが、このまま放置しておけば、更に面倒なことになるという確かな直感があった。

「じゃあ、ちょいと一雨来る前に、加当を迎えに行くかね」

坂下はゆっくり立ち上がり、こきこきと首を鳴らした。小野寺はそれを見つめるだけで、感謝の言葉などは何もない。

案の定、部屋を一歩出た途端、ぽつんと雨が降り出した。

こりゃあ、切って落とす方の幕だなぁと、坂下はぼんやり考える。

下ろす方の幕も降らさにゃならんかな、と思いながら、坂下は雨の中、ふらりと縁側から屋敷を出て行った。

痩せた書痴は、ただ無言でその背中を見送った。

雨に煙るは、中々立派な山門だった。ここはかなり古い山寺だという話だが、そのせいか建物自体も堂々としている風に見える。

境内を突っ切って本堂と思《おぼ》しき建物に入ると、坂下は雨に濡れた躰をぶるっと震わせ、大型の犬のように滴を飛ばした。

古いくせに、此処に臭いは皆無だった。黴《かび》臭くもなければ生活臭もない。雨が降っているというのに、どことなく乾いた気配さえする。

埃の積もった廊下には、つい最近付けられたばかりの人の足跡が残っていた。加当のものだろう。

少し前傾で用心深く進んでいるというのがよくわかる足跡だ。加当らしいと坂下は少し思った。

坂下は周囲には無頓着に、ただ足跡だけを辿る。あまりに無防備に見えるが、ここまで隙だらけだと、敵は逆に打ち込みにくいということを坂下は知っている。

だから坂下は全く用心せずにどんどん廊下を進んでいった。加当は一つの部屋の前で一旦止まったものらしい。足跡をみて判断し、坂下はひょいとその部屋を覗き込む。どうやら仏間のようだ。なにか古い仏像がまつられているようだが、坂下は特に興味がないもので、そのまま足跡を辿る作業へ戻る。

どうやら加当は、この部屋を突っ切って、奥の間へと向かったらしい。奥の間は厨のようだった。がらっと戸を開け、中を見ると、坂下は鼻白んでまた戸を閉めた。骨の山は確かに不穏ではあったが、ここに加当が居る訳ではないので、坂下の興味からは外れたのである。

坂下は加当の足跡が本堂を出て行くのを見て舌打ちをした。また雨の中に行かねばならないからだ。濡れるのは嫌だと思いながら、それでも足跡を辿る動作に躊躇《ためら》いはなかった。

埃の積もっていた廊下とは違い、庭で足跡を探すのは難しい。雨が降っていれば猶更《なおさら》だ。しかし、目を凝らせば、草木が折れて、まるで獣道のような通りが浮き上がるのがわかった。

坂下はその先に崩れかけた土蔵があるのを見て取ると、あそこだ、と確信する。どういう状況かわからないが、加当はとにかくあそこに居るのだという妙な予感があった。

掘っ立て小屋だとか、朽ちかけた土蔵だとか、どうにも加当はそういう場所に呼ばれるようだ。それがどういうことなのか、坂下は漠然と知ってはいたが考えない。不運や不幸というのはこういう場所を好む為、不運に好かれる加当もこういう場所へ引きずり込まれやすいだけだ。

土蔵の扉を揺るがせ開けた途端、噎《む》せ返るような血の臭いが顔を叩く。中を覗いた坂下が、苦り切った顔で言った。

「こりゃあまた、面倒なことになってるじゃあねぇか」

坂下の視線の先には、がりがりに痩せた髑髏みたいな男が一人と、その横には血みどろで四肢の無い加当が転がっている。

なんとなく蚕《かいこ》みたいだ、と坂下はふと思い、苦笑しながら無造作に扉を潜る。

案外加当も世話の焼けるところがあるな、とぼんやり思った。

五

くちゃくちゃと肉を咀嚼《そしやく》する音は、一向に熄《や》む気配を見せず、うるさくてかなわなかった。

目には瞼があるというのに、何故耳にはそれがないのだろうと、加当はぼんやり思う。

失血しすぎて思考さえ、どうやら等閑になっているらしい。

痛みが突き抜け、鼻の奥が猛烈に痛む。吐く息が、火のよう、氷のようだ。

目玉の次に喰われた箇所は右腕だった。堅く付け根を縛られて、麻痺《まひ》したところを斧で落とされ、焼いた刃物で血止めをされた。

ある一点を通り過ぎると、痛みは猛烈な熱さに変わる。灼熱《しゃくねつ》の炎のような熱さのくせに、骨の髄はひどく冷え切り、加当は自分が焼けているのか凍えているのかもわからない。だから余計に腹が立つ。

男は加当の指を一本一本丁寧に舐《な》めしゃぶり、恍惚《こうこつ》とした表情で、手相を見るように掌の肉を食いちぎった。ぐちゃぐちゃと味わって咀嚼しながら、お前の手は傷だらけなのが歯に心地好いな、と笑う男を、加当はひたすら無視した。

人間は肉を噛むという行為に快感を覚える生き物だという。野菜や穀物を噛むときよりも、肉を噛んだ時の方が、歯の付け根に心地好いのはそのせいで、だからこそ僧侶は肉を食わないらしい。

快感は執着だからだ。仏教というのはあらゆる執着を捨てることであり、だから僧侶は快感を覚える事から遠ざかる。

目の前の髑髏は僧侶のくせに、貪欲に歯の快と食の快を同時に味わっているようだ。浅ましいというよりも、むしろさもしいと、そう思った。

あの時、この男を殺し損ねたばっかりに、全く馬鹿馬鹿しい目に遭っている。小野寺や同僚の坂下がこれを見たら情けないと笑うだろうか、それともだらしないと呆《あき》れるだろうか。己の腕が、見る間に男の胃の腑《ふ》に入っていくのを眺めながら、加当は茫《ぼう》としてそんなことを考える。

男の腹は腕を喰っている最中もぐうぐうと鳴り続けていた。こりゃあ腕だけでは終わらないな、と思っていると、案の定、次は左足を喰われた。

同じように付け根を縛られたが、今度は随分と性急に、麻痺する前に切り落とされた。おかげで大層痛かった。

斧が食い込む瞬間は、やはり、痛いと言うよりもむしろ異様に熱い。しかし、骨を割られたら、熱さよりも激痛の方が先に来た。肉よりも骨の方が痛いというのを初めて知った。これは効いたが、こんな男に悲鳴を聞かせるのも業腹なので、奥歯を砕けんばかりに噛みしめて、呻き声さえ漏らさず耐えた。

足が落とされたあと、また焼いた刃物で傷口を焼かれたが、流石《さすが》に足の付け根は血管が太いから中々血は止まらなかった。自分の肉が焼ける臭いは存外香ばしく、人を焼いたときの異臭の原因は、あれはやっぱり髪なんだな、と他人事のように考えた。そういうくだらないことでも考えていないと、痛みに思わず呻きそうになるからだ。

血止めのためとはいえ、傷口を焼かれているのだから、切断と火傷《やけど》、両方を同時に味わっているようなものだった。その痛みたるや中々だ。

腕と足の付け根以外にも、何故か頭の芯がずきずき痺れ、吐き気まで催したが、加当はひたすら耐える。男の食欲は旺盛で、この分では残りの腕と足も早晩落とされるは必定だったし、この程度で呻いていては、これから先が耐えられまいと思ったからだ。

案の定、男は見る間に加当の足を食い尽くしたが、まだまだ満足しないようだった。男は飽くなき食欲で、今度は加当の左腕と右足を同時に切り落とす。

今度は付け根さえ縛られず、まるで胴試しのように切り落とされた。血止めを忘れなかったのが奇跡のような乱暴さで、加当はあっという間に達磨《だるま》にされた。

四肢を切られただけなのに、何故か胃の腑から血の塊が迫り上がってきて、加当はたまらずそれを吐き出した。濁ったような、どす黒い血の塊が、べしゃっと床に叩きつけられる。それで気付いたが、あたりは血塗《まみ》れで、血だまりまで出来ていた。

何処か雨漏りでもしているのか、水滴が天井から落ちてきて、血だまりに波紋を作る。

凝固しかけて粘り気のある血でも波紋は出来るのだと他人事のように思っていると、不意に加当の足を貪っていた男の動きが止まった。

また碌でもないことを言う気かと加当が身構えると、男はうっとりと、舌なめずりをしながら言う。

「……また新しい子がここへ戻ってきてくれたようだよ、千代丸」

加当は思わず扉に首を向けたが、そこは冷たく閉ざされているだけだ。

そういえば此処はこの男の寺だった。侵入者の姿を見ずとも、この男にはわかるのだろう。

「嬉しいな。お前は戻ってきてくれただけでなく、他の子も呼んでくれたのだね。お前を食い尽くした後は、飢え死にでもしようかと思っていたが、まだまだ生きていても良いようだ」

顔面を血に染めた髑髏が愉しそうに笑う様は、まるで地獄のように滑稽だった。

新しい子とやらも、多分これを殺せまい。文字通り、この男の肉には歯が立たないのだ。殺す事が出来ない以上、そいつもまたこの男に喰われるのだろうか。

堂々巡りだ。

と、不意に聞き覚えのある間延びした声が加当の耳朶《じだ》を打った。

「こりゃあまた、面倒なことになってるじゃあねぇか」

慌てて視線を巡らせると、いつの間にか土蔵の扉が開かれている。扉の向こうからこちらを覗き込んでいるのは間違いなく坂下だ。

坂下は三十絡みの色男だ。長身ですっきりとした佇《たたずま》いだがどこか胡乱な空気を身にまとう。

坂下は無造作に扉を潜ると、加当の右足を齧る男の前まで歩いて行った。

「あんたがここの住職かね？」

そのまま、おっとりした声で問う。坂下には、全く警戒心が欠如しているようだった。

男が嬉しそうに頷く。

「ああ、孤がこの寺の主だよ。食い尽くす前なのに、また戻ってきてくれたんだねぇ、千代丸」

その言葉に坂下は少々鼻白んだ顔をするが、男はそれに構わず、抱きつこうと手を伸ばす。坂下には見えないだろうが、加当の位置からは、その掌の符印が見えた。

自分の時と全く同じ手を使う気だと、加当が警告の声を上げかけたその瞬間、坂下の手が無拍子で動いた。

腰のあたりから閃光《せんこう》が迸《ほとばし》り、居合だと思うまもなく、男の首を刃が襲う――、ように見えた。

しかし、確かに男の首を存分に切り裂くはずのその一閃は、空を切る。男がにやぁ、といやな笑いを浮かべたその時。

今まで不機嫌そうだった坂下が、初めてにんまりと笑って見せた。

「なんだ、やはり人ではないじゃないか。だったら良かった」

唐突な言動に、初めて男の笑みがこわばった。その目に浮かぶのは困惑と、なにがしかの恐怖である。

坂下は刀を鞘《さや》に収め、静かに男の手を取って、ぱくり、とその指を口にくわえた。ごり、くちゃ、ぐちゃ、と何か咀嚼する音の後、男の悲鳴が土蔵の中に木霊《こだま》する。

「おお、これ、この味。混じりっけの無い外道の味だ」

男の手から指を数本食いちぎり、咀嚼しながら坂下が笑う。食いちぎられたはずの男の指からはひとしずくも血が出ない。血の代わりに、何か黒いもやもやが大気に溶けて消えていく。

「な、んで……」

あれほどまでに余裕だった男の顔から、すっかり血の気が引いている。いや、血がない事は、たった今証明されてしまったので、ただ蒼白《そうはく》になっただけかもしれなかった。

「なんで、って言われてもなぁ……」

指を咀嚼し終わると、坂下がなんと説明したものかと、悩むように首をひねる。やがて、いい答えを思いついたというように、にんまり笑ったままで言う。

「自分で言うのもなんだが、俺は如何《いか》物喰《ものぐ》いでな。この世のものでないものが好物なんだ。外道であればあるほどうまいと感じる」

幽霊は好いよな、胃が凭《もた》れることもない。そうささやくと、坂下はあっという間にその男を食い尽くす。男の手首が、腕が、肩が見る間に坂下の口の中に消えていく。頭も胴も足までもだ。割合悪夢のような光景なのに、夢の比率が高いせいか、嫌悪《けんお》感はないようだった。

「さて、喰ったはいいが、お前の手足が見当たらないな」

ぼりぼりと後頭部を掻《か》きながら、坂下が困ったように呟いた。そのまま面倒そうな足取りで、加当の前にやってくる。

坂下は、加当の目の前にしゃがみ込んだ。懐《ふところ》から取り出した手ぬぐいで加当の血を拭いながら、呆れたようにこう言った。

「全く災難だったな、加当。色々欠けちまってるが、まあ生きてて良かった」

乱暴に顔を拭われながら、加当が呆然《ぼうぜん》とした声で訊く。

「なんで、あんたが……」

「小野寺のやつに頼まれたんだよ。お前が厄介なことになってるから迎えに行けって」

さも面倒そうに答えながらも、坂下はそれでも何処か嬉しそうだった。

「とりあえずはまぁ、間に合ったみたいだし良かったな。しかし、元から小さかったけど、だいぶこぢんまりとしちまってる」

「……余計な御世話だ」

坂下の言葉にぶっきらぼうに返してから、加当がぽつんと訊いた。

「あんたは、人を……喰うのか」

それを聞いた坂下は、心底呆れたように言う。

「お前には、これが人に見えるのか」

その言葉に、加当が無言で目を逸らす。それを見て坂下が溜息《ためいき》交じりに呟いた。

「加当、お前、お人好しにも程があるぞ」

「あんたは何で、こいつに歯が立ったんだ？　俺が噛みついても、すりぬけるばかりで傷一つつけられなかったのに」

「こいつがすでに死んでたからさ。足のある幽霊、なんだろうな」

「……幽霊だと、歯が立つのか」

「俺は飯より化け物の方が口に合う。しかし、お前も変わっているな。幽霊に手足を喰われるなんて」

　小野寺と関わり合いのある人間なのだ、お互いに何か普通ではないと思っていたが、化け物を喰う類いとは思ってもみなかったし、四肢をもがれても生きている類いとも思わなかった。

　坂下は加当の帯をひっつかみ、そのままひょいと躰を担《かつ》いだ。

「まぁ、一旦帰ろうか」

　ことのほか朗らかに言う坂下に、加当は返事をしなかった。不審に思った坂下が加当を覗き込むと、気を失っている。

　これだけ大量に出血していたら無理もない、と坂下は思う。

　下ろす方の幕の中へ、坂下は足を踏み出した。

　これで終いだと、何処かで思った。

六

だから、これは蛇足の話だ。

林奉行の屋敷に戻った加当は、小野寺の手で元の通りに縫い合わされた。喰われた筈の手足はどこで調達したのかと聞くと、あっさりと「風穴の奥」と告げられた。

富士の麓には、氷穴だの風穴だのという、行き止まりのない洞穴がいくつかある。その奥は草葉の陰と同じく、あの世とつながっているという言い伝えがあった。

小野寺が使う糸は、玉繭《たままゆ》から採った糸だ。番《つがい》の蚕が一つの繭の中に入っている玉繭の糸は、使いようでは因果が縫える。小野寺は若い頃、公家侍《くげざむらい》として伏見《ふしみ》中納言《ちゅうなごん》とかいう公家に仕えていたことがあるらしく、そこで覚えたと言っていた。

なんやかんやで加当は小野寺の手で修理され、無事に五体満足な体に戻った。普通はそう簡単にはいかないようだが、加当は七つの頃、諏訪の神使にされた事があり、そのせいで人より多少丈夫らしい。

あの寺は骨ごと全部燃やし尽くし、住職も坂下が食い尽くしてしまったせいで、いまいち事件の真相が把握できなくなってしまったそうだ。小野寺に嫌みと小言の中間の文句を言われたが、頼んできたのはあちらなので、坂下は気にもしない。

多分、小野寺自身も形式的に文句を言っただけであり、本心はどうでも良いに決まっていた。

小野寺は本にしか興味が無い。

この件で、幕府になにがしかの報告をしたかさえ、小野寺は何も語らない。しかし、さらに増えた莫大《ばくだい》な本の山に、坂下は、なんとなくいろんな事を察した。

「青頭巾、みたいなもんなんだろうな、結局」

「雨月物語のか？」

坂下のつぶやきに、あの事件以来めっきり口数の減った加当が珍しく訊き返す。坂下が、雨の降りしきる庭を見下ろして言う。

「あの男を喰ったときにな、なんというか、一人の小僧が頭に浮かんだよ。あの坊主、自分が喰われることよりも、その小僧が自分の中から失われることが怖かったんだろう」

愛よりも欲の方が一途に過ぎる、と坂下がぼそりと呟く。難儀だな、と加当がなんとはなしに相づちを打つ。

普通、正体が何であろうが人の形をしたものを生きたまま喰う奴《やつ》は人間ではないだろう。鬼だの化け物だのと、呼び方は様々在ろうが、まぁ少なくとも人ではなくて人でなしだ。

　そんなものを『人』だと思ってしまえる加当は、大分甘いし、お人好しだ。こいつの方こそ難儀な奴だと、坂下は少し思った。

「悪食《あくじき》って言うのは、仏教で獣の肉を食うことを言うんだってな」

　ぽつんと加当が呟くと、坂下が笑って答える。

「だったら俺も如何物喰いで悪食だ」

「あんたに仏性があるのかね」

「俺は、化け物は喰うけれど、人を食うのは嫌なんだ。そういうのが仏性じゃないのかね」

　曖昧な答え方をする坂下に、加当がぽつりと一つ問う。

「……なんであんたは、化け物を喰う？」

「うまいからさ」

「うまい」

　意外な答えに目を丸くする加当に、坂下が低く答えた。

「ガキの頃に、飢饉《ききん》があった。喰うものが何もなくて、飢え死にしかけた。直ぐ側には親父やお袋、弟や妹の屍《しかばね》があったけど、それを食うのはどうにも嫌でな。だから、人魂《ひとだま》を取って食った。青くて甘そうだと思ったら、実際甘くてうまかった。そこからどうも、人の食い物よりも、化け物の方がうまく思えるようになってな」

加当は何も言わない。まぁ、気の利いたことなど何も言えまい。それが普通の感覚だ。

十年前、伝馬町《てんまちょう》の牢《ろう》の中。打ち首を明日に控えたその晩に、使える死体の予約に来た小野寺にぽろっとこの話をしたことがある。

確か、最後に喰いたいものがあるかを聞かれ、幽霊と答えた時の話だ。幽霊の味を伝えると、小野寺は否定も疑いもせず、無愛想に言ったものだ。

「そうか。だったら私に付いてこい。一生食いっぱぐれのないようにしてやろう」、と。

同情するでも何でも無く、利用するためかもしれないが、小野寺は約束を守ってくれた。

あの日以来、坂下は飢えることはない。それだけで十分だった。

小野寺はいけ好かないやつであっても、縁を切らないのはそういうわけだ。

「今年は雨が多いよなぁ」

十年前のあの日を思い出し、何気無しに、そう言った。

この雨は切って落とす幕なのか、それとも下ろす方の幕なのか。

いずれ自分はこの雨の中、どちらかを自分で選ぶ日が来るのだろうなぁと、坂下はぼんやりと思う。

どっちでもいいや、と坂下は思った。

雨は降る。
幕が下りるのはまだ先だ。

第二話

繭ごもり

MAYUGOMORI

一

嘉永四年、霜月、甲斐国。

その日、林奉行所は珍しく訪問者が多かった。それも、役人や人足ではない。身延《みのぶ》周辺の村長達がこぞって林奉行・小野寺甚五郎を訪ねてくるのだ。

先月の末、季節外れの嵐があった。富士の山の加護でもあるのか、普段はこの辺りを嵐が直撃する事はないのだが、何事にも例外はあるものだ。

かなり大きい嵐で、この辺りもなんとか洪水だけは免れたが、風と雨のせいで何カ所も山滑りがおきたり、木がなぎ倒されたりと、だいぶ手ひどくやられたそうだ。富士川の下流、駿河では堤も破れて洪水まで加わったと聞くから、その被害はいかほどだろう。

村長達は、春に納入する予定だった材木が土砂に埋まってしまった事、新たに切り出そうにも、土砂崩れや崖崩れで山に入れない事などを、口々に役人達へ訴えていた。

通常なら門前払いもあり得るが、意外にも役人達の対応は親切だ。村長や従者達に茶まで振る舞い、真面目に話を聞いている。

甲斐国は、十五年ほど前に甲州騒動という一揆《いっき》が起こっている。天保はどうにも季候が良くない時代で、あちらこちらで不作となって、場所によっては飢《き》饉《きん》が起こった。ここ、甲斐国でもそれは同じで、そのせいで商人による米の買い占めが広がって、ありとあらゆる食い物の値段が高騰したのだ。それがきっかけで、甲州の郡内《ぐんない》地方にある谷《や》村《むら》で米商人の家の打ち壊しが始まると、その勢力は瞬《またた》く間に甲斐国中に広まった。最終的には諏訪あたりまで打ち壊しの波が押し寄せたという記憶がある。

そういう前例がある以上、農民達を無下に扱うことは出来ない。御領で反乱など起こされては、幕府の沽《こ》券《けん》に関わる。

しかし、嵐の残した爪痕は予想以上に大きいらしい。そのため訪ねてくる村人も多く、本来は山廻《やままわり》役人で事務方ではない坂下勇悟と加当平九郎までもが対応に駆り出されていた。

「なるほどなぁ……。塩沢の方は、竹林も駄目になったのか。そうなると、冬が来る前になんとかしたいだろう。わかった、今回は御奉行を通じて代官から年貢《ねんぐ》について融通を利かせるように伝えてもらおう」

親身になって話を聞く坂下に、塩沢村の長は感動している。しかし、実のところ坂下は、こうして親身になって話を聞くふりが上手いだけだ。適当に耳触りの良いことを言ってその場を凌《しの》ぎ、あとは上司の小野寺に丸投げをするつもりである。《本業》に関係のない事に、労力を割く気は無かった。

一方、隣の文机《ふづくえ》で富沢村の長の相手をしている加当は、無愛想でやる気がなさそうに見えるが、実は役人の中では最も親身になって彼等の話を聞いている。この男は根が真面目で誰にでも親切なのだが、愛想がないのと、あまり喋《しゃべ》りたがる方ではないことが災いして、よく誤解される。

坂下は同僚だからその事を知っているが、初対面の村長にはそんなことはわからない。村の窮状を訴えても、「うむ」だの「そうか」しか言わない加当に苛立《いらだ》っているのが一目瞭然だった。

「……そうか、此度《こたび》の嵐で、山の氷室まで流れてしまったのか」

「左様でございます。ですから、蚕種《さんしゅ》も流れてしまい、今年は年貢の生糸を減免していただきたいのだと申しております！」

「少し待て、今書き付ける」

いちいち言われたことを書き付ける加当に、村長は苛立ったように身を揺する。律儀《りちぎ》な加当の態度は、逆に愚鈍にみえてしまうのだ。加当はここでは一番若い役人であるから、余計に村長の怒りを買うのかも知れない。

さすがに気の毒になり、坂下は隣から声をかけてしまった。

「よし、わかった。おぬしの村の事は、拙者からも御奉行に伝えておこう」

坂下に口を挟まれて、村長はあからさまにほっとしたようだ。村長は加当から離れると、そのまま坂下に村の窮状を話し、林奉行から代官への口利きの約束を取り付け帰って行った。

富沢村の長が詰め所を出て行くのを見計らい、呆《あき》れたように坂下がぼやく。

「全く、お前は生真面目にすぎる。どうせあいつらの頼みなんざ、年貢を下げてくれって事に尽きるんだから、適当に聞き流して、奉行から代官に話を伝えるって言っときゃあいいんだ」

そもそもこんなこと、俺たちの《仕事》ではない。そう告げる坂下に、加当が無愛想に言う。

「……《仕事》もまともにこなせん奴は、せめて他の雑事くらい真面目にやらねぇと、それこそ喰い逃げみたいなもんだ。小野寺の旦那に面目が立たん」

それを聞いて、坂下は呆れた。

「なんだお前、あの坊主に喰われたことを、まァだ気にしてたのか。あれからもう五月は経《た》ってるぞ？　引き摺《ず》りすぎだ」

「どれくらい月日が経ったところで、しくじった、って事にゃあ変わりねぇよ」

ぶっきらぼうな口調だが、案外根は深そうだと坂下は思う。単に化け物が喰えれば良いだけの坂下と違い、加当には《仕事》に対する何らかの矜持《きょうじ》があるようだ。

――こんな仕事、別に誇るようなものでもあるまいに。

真面目なことだと坂下は思う。

何を隠そう、林奉行・小野寺甚五郎の役目は、樹海より《涌《わ》く》化け物どもが、山の外へと出ないように見張ることである。坂下と同僚の加当平九郎は、互いに小野寺の手駒のひとつだった。

霊峰と名高い富士の霊気にあてられてか、この辺りには妙な化け物がたまに涌く。百鬼夜行絵巻に出てくるようなあからさまな連中もいれば、その辺の虫と区別がつかないような神《もの》もいたり、あるいは山一つに巻き付くほどの蛇もいる。それらは皆気まぐれで、時々山の奥、向こう側の世界から、ひょいと現世に顔を出す事も珍しくはない。

とはいえ、そういう連中は大概《手順》に則ったやり方で宥《なだ》めてやれば、すぐに元の場所に戻る。だから、厄介なのはそいつらではなく、強すぎる霊気にあてられる人間だ。人は簡単に人間と化け物の境界を越えてしまう。そういうモノは大概が厄介だ。自分と同じ形をしたモノを、人はなかなか殺せない。境界を越えた連中は躊躇《ためら》わないのに、こっちが躊躇えばどうなるか。結果は火を見るよりも明らかだろう。

今年の水無月、坂下は人でなしの坊主を一人喰っている。可愛がっていた稚児《ちご》が亡《な》くなり、その亡骸《なきがら》を喰った事で化け物に成り果てたという、雨月物語を地で行くような男だった。雨月物語と違うところは、ついには成仏《じょうぶつ》できなかったという点だろう。

物語と違って、徳の高い旅の僧が現れてその坊主に仏の心を説く前に、坂下が文字通り美味《おい》しくそれを喰い尽くしたからである。

坂下の好物は、ありとあらゆる化け物だ。幽霊、物の怪《け》、魑魅魍魎《ちみもうりょう》。どれもこれも味わい深い。

人でなしであればあるほど坂下にとっては美味《うま》い飯で、あれからも所用で幾つか化け物を喰ったが、あそこまで美味いモノにはとんと巡り会えていなかった。

一方で、坂下にとっては単に『飯を喰った』程度の出来事だったが、加当にとっては少々違うものらしい。

加当はその坊主の奸計《かんけい》にはまり、生きたまま四肢を喰われている。すべて喰いつくされる前に、坂下がその坊主を喰ったため、なんとか一命を取り留めた。

小野寺の奇妙な施術によって、加当は新しい手足を縫い合わせられ、今は五体満足な身体へと戻っている。そこでめでたし、めでたしで終われば良いのに、加当にとっては助かったと思うより、しくじった、という思いの方が強いらしい。

そのせいであれ以来、加当はどうにも思い詰めているようだった。

――こいつは妙なところで真面目だからなぁ……。

坂下は内心、独りごちる。またぞろ、妙な奴等が涌き出せば、加当もそれであの事件を吹っ切れるのではないかと思うが、梅雨以来、山は妙に静かで大人しい。

「……面倒くせぇ奴だなぁ、お前」

軽く小突いても、憎まれ口一つ返してこない。

何故加当は、この《仕事》に執着するのか。そんな理由、別に知りたくもないのだが、いずれは知ってしまうような気がする。

――そういう意味でも、面倒くせぇな。

その日はなるたけ遠いといい。そんなことを考えながら、坂下が加当の書き付けをのぞき込もうとしたときだ。ふと、加当の肘の辺りまで羽織が捲《めく》れているのが見えた。

山廻役人らしく日に焼けたその手首には、ぐるりと赤黒い痣《あざ》のようなものが浮いている。何か細い物で堅く縛られた痕にも見えた。妙に目を惹《ひ》く痣である。思わず目を凝らそうとしたときだ。不意に加当が鋭く言った。

「……見たな？」

凄《すさ》まじい殺気が坂下の顔を叩《たた》く。落ち込んでいたはずの加当の表情が一変し、まるで獣のようにぎらぎらとした目になっている。

逆鱗《げきりん》に触れた、という言い回しがしっくりくるほど、加当は怒っているようだった。

返答次第どころか、今にも殺されそうな勢いだ。坂下を睨《にら》みつけながら、加当はゆっくりと袖を戻して手首を隠す。それに気付かぬふりをして、坂下は、きょとん、としたふうに言う。

「は？　何のことだ？」

坂下にとって、間の抜けたお人好しの演技なんぞはお手の物だ。本当に不思議そうに聞こえる坂下の物言いに、加当はあからさまにほっとした顔をした。そのまま気まずそうな声で言う。

「いや、何でもない」

「何でもないって言われてもなぁ……。お前、凄《すご》い目だったぞ？」

「すまなかった。……本当に、何でもないんだ」

頭を下げる加当からは、先刻の殺気はすっかり消え失《う》せている。まんまと騙《だま》された加当を見ながら、それでも坂下は心の中で首を傾《かし》げた。

加当の手足は、あの坊主に喰われた筈《はず》だ。今の手足は別人の物であるはずだった。痣があったとして、それは他人のものだろう。なのに何故、加当は痣を見られたことに、あそこまで怒りを爆発させたのか。いずれにせよ、碌な理由ではないだろう。

好奇心より、面倒事に巻き込まれる事への嫌悪が勝る。

――こいつもまた、厄介ごとを身に飼う類いか。

さっき見た、赤黒い痣の禍々《まがまが》しさを脳裏に浮かべ、坂下は心の中で小さく笑う。なんとはなしに、その厄介ごとはきっと美味いに違いないと、そう思った。

二

その日、加当は一人きりで、甲斐国と駿河を結ぶ、桜峠を登っていた。

時刻はおおよそ、未《ひつじ》の刻にさしかかったあたりか。土砂によってあちらこちらが埋もれているため、歩きにくいことこの上ない。

村長達が奉行所を訪ねて来てから、二日ほど経っていた。今日は、小春日和の陽気で、霜月とは思えないほど暖かい。

桜峠は、駿河の鳥並《とりなみ》と身延を結ぶ峠だ。その名の通り桜の名所なのだが、今は山が崩れて目も当てられない。

懐《ふところ》から矢立と帳面を引っ張り出すと、加当は、峠の被害を克明に記していく。富沢村の長の話の裏を取る為《ため》である。

別段、長の言うことを疑うわけではないが、自分の目ではっきりと確かめたほうが、より正確な報告が出来るだろう。それくらいの仕事はしておきたかった。

峠をくまなく歩き回り、ある程度の被害を帳面に記し終えた加当は、ついでに峠の裏道も見ておこうと、帰り道にそれを選んだ。

裏道は、峠よりも荒れていた。苔《こけ》むした道祖神や馬頭観音も、山頂から流れてきた土砂に埋もれていたし、足首まで泥に埋まりながら渡らねばならぬ場所まである程だ。

余計なことなど考えず、素直に元来た道を引き返すべきだったろうか。加当がそう思った時だ。ふと視界が開け、足下もまた、ぬかるみ程度の道へ変わった。先ほどとは打って変わって、歩きやすくなっている。空気さえも変わった気がした。

まるで、自分をこの先へ行かせる為に、わざわざ歩きやすい道を用意されたような心持ちだ。

考えすぎかも知れないが、しかし、あまりに都合の良い展開に、加当は訝しんで周囲を見渡す。

その時だ。加当は、三間ほど先の道ばたに、大猪《おおいのしし》の死骸があるのを見つけた。猪は、足以外は特に泥にまみれていなかった。崖崩れに巻き込まれてここまで運ばれたわけではなく、生きてここまで来たのだろう。

鼻先から尾まで七尺はある、見事な牡の大猪だった。背中の肉がごっそり大きく抉《えぐ》られているから、死因は間違いなくそれだ。この辺りは熊が出る。おそらくは、嵐で飢えた熊にやられたのだろうが、どこか違和感があった。

死んでから間もないのか、骨が覗《のぞ》く背中からはタラタラと血が流れ、妙な臭気が辺りに漂う。獣臭い、という奴だろうか。猪の臭気は独特な上、妙に根強い。どういう理屈か知らないが、畑を荒らされると、そこから採れた野菜にまで猪の臭いが移る程だった。

怪しいとは思ったが、強い臭気に閉口し、早く行き過ぎようとしたその時だ。真横を通り過ぎる寸前に、加当の目は、猪の影に妙なものを捉える。

それは、列を成して山奥へと向かうダニの群れだった。数十……下手をすれば百匹はいるだろうか。虫のくせに、猪が死んだことを理解しているらしい。このまま死骸に寄生していては、自らも死ぬと悟っているから、だからさっさと見捨てるのだろう。

なんとはなしにその光景に心を惹かれ、加当はつい、足を止めて見入ってしまった。猪から零《こぼ》れた何かが、山へと帰っていくような心持ちがしたからだ。

ダニの群れに目を奪われる加当を引き戻したのは、視界の隅にうつる、何か白くふわふわしたものだった。人の目は不思議なもので、一カ所を凝視するよりも、漠然と見開いていた方が、色々な物が映るのだ。

妙にそれが引っかかり、視線を移した加当は、そこで意外なものを見た。白くふわふわしたものの正体は、一頭の蛾――それも蚕蛾《かいこが》だったからだ。

「戸外に蚕蛾？」

その意外な正体に、加当は思わず小さく呟《つぶや》く。

蚕は人の手がなければ生きていけない虫だ。脆弱《ぜいじゃく》な脚は自力で桑の木に摑《つか》まることも出来ないし、羽化するための繭《まゆ》すら、人に枠を用意してもらわなければ、まともに作ることは出来ない。

通常は繭になった時点で茹《ゆ》でられて糸を採られる。卵を採るためにわざと羽化まで許される場合もあるが、それ以外に成虫になることは殆《ほとん》どない。しかも、蚕蛾は飛ばない筈だ。翅《はね》は厚ぼったい上に腹が重すぎ、羽ばたいても這《は》うのがやっとだから、仮に飼われている家から逃げ出したとしても、こんな山奥まで自力で来られるわけがない。

けれど、それは確かに蚕蛾だった。

櫛《くし》のような触角も、大きなぎょろっとした眼も、厚ぼったく白い翅も、ぶにぶにとした醜い腹も、確かに蚕蛾のものに違いない。まじまじとその姿を眺めていた加当は、ふと、あることに気がついてぎょっとする。

その蚕蛾には、口があった。黒みがかった紫の、幼虫そのままの口である。

本来、蚕蛾には口がない筈だ。だから羽化しても餌を食べられず、せいぜい十日も生きられない。

なのに、この蚕には口があった。しかも、蜜を吸うにはふさわしくない、桑の葉を喰《くら》い取る芋虫の頃の口だ。

ぞっとする。

見慣れない物、あるいは余計な物がついているということは、それだけで存外目を惹き、奇妙な嫌悪感を呼び覚ます。

——殺すか。

無益な殺生だという思いは何故だかなかった。そっと刀の柄《つか》を握り、鯉口《こいくち》を切る。

と、その時だ。大猪の周りをもぞもぞ動き回っていた蚕蛾がその翅を震わせてふわりと舞った。舞い上がった直後、加当の顔に翅がぶつかる。すべらかな女の手で撫《な》でられたような感触だ。何故か背骨が一気に凍り付く。咄嗟《とっさ》に抜刀しかけたが、その時には蚕蛾は既に間合いにいなかった。

鱗粉をまき散らし、よたよたと不器用に森の奥へと消えていく蚕蛾に、加当は言い知れぬ不気味さを覚える。秋だというのに、背中が妙に汗だくだ。

ふと気がつくと、猪から這い出していたダニの群れも何処かへと去っている。

まるで狐《きつね》にでもつままれたような気分で、加当はしばらくその場に立ち尽くしていたが、すぐに我に返った。

慌《あわ》てて蚕蛾の後を追いかける。

あれはおそらく、魔性の物だ。あんな蚕蛾がいるわけがない。

魔性の物なら、殺さなければならない。

化け物を殺すこと、それが自分の唯一だった。でなければ、また、あの場所に戻される。

ふと、肋骨《ろっこつ》の上を這い回る、小さな生き物の感触を思い出す。

「……くッ……」

頭を乱暴に振り払うと、加当は、草木に溜《た》まった露で着る物が濡《ぬ》れるのも厭《いと》わず、ひたすらに蚕蛾を追って駆けだした。蚕蛾を追いかけるというよりも、まるで過去から逃げるような心持ちだ。

そんな身体の奥底から湧き上がる、奇妙な焦燥のせいだろうか。山を登る加当は気付かなかった。

蚕蛾が飛び出してきた場所――草葉の陰に、ひとつ、白い芋虫のようなものが転がっている事を。

それは、明らかに蚕蛾の腹だった。千切られた訳でもない、親指ほどの円い腹部。頭も、胸も、翅も、足も何もない、腹だけの蚕蛾だ。

悍《おぞ》ましいことに、それは確かに生きていた。生きていて、尻から何かをひり出している。

芥子《けし》粒ほどの。白く透き通るような球体。

それは、確かに蚕種《たまご》だった。

三

秋もだいぶ深まった証拠だろうか、山の木々は、燃えるように赤かった。

加当の予想に反し、山道を登っていても、特に何もおこらない。強いていえば、ぬかるみしかなかった峠道とは異なって、山道は泥が乾き、足跡も残らないほどカチカチに固まって歩きやすいということくらいだろうか。

あまりに平穏で、逆に心配になるほどだ。怪しいと思った猪の死因も、特に気にする事ではないのかもしれない。きっと、この山に棲《す》む、熊か山犬の類いに襲われでもしたのだろう。蛆《うじ》がたかって腐っていくのを見ずに済んだのは僥倖《ぎょうこう》だった。

一方で、あんなによたよたと飛んでいたのに、例の蚕蛾の姿は何処にも見えない。先刻まで、常にその白い姿は加当の視界の中にあったというのに、まるで煙のように消え失せている。

あの蚕蛾が罠《わな》だということは、とうの昔に気付いていた。しかし、加当は引き返すことをしなかった。見失えば、二度とあれに遭うことはないという直感があったからだ。

あの化け物を殺すなら、今、ここでしかない。

改めて周囲を見渡し、手がかりを探そうとしたその時だ。生臭い、魚粉に似た匂いが風に乗り、山の上から降りてくる。

澱《よど》んだ水の臭いにも似ていた。

魚臭いという事は、先日の大嵐で沢か何かがせき止められ、そこで魚が死んでいるのかもしれない。

腐った水は病を運ぶ。病は化け物を呼び寄せる。もしかしたら、あの蚕蛾はそこにいるかもしれなかった。

加当は臭いを辿って山を登る。

妙な胸騒ぎは、確かにあった。

最初はただ、妖しい蚕蛾を追っていたはずなのに、その臭いが近づけば近づくほどに、それはまるで、加当を誘っているようだった。

加当は素直にそれに従い、鬱蒼《うっそう》と茂る草木をかき分けて、臭いを頼りに、道なき道をひたすら歩く。

そうしてしばらく歩くうち、木々の終わりは不意に訪れた。急に視界が開けたかと思うと、唐突に大きな門を構えた屋敷が現れる。所々がどす黒く変色した茅葺《かやぶ》き屋根は苔むして、廃墟《はいきょ》のような様相だった。こんな場所に大きな屋敷があるとは聞いた事がないし、そも、家を建てられるような場所でもあるまい。

——これはまるで迷家《まよいが》じゃないか。

唐突に目の前に現れた朽ちかけた山門に、加当は思わずそんな連想をした。

迷家というのは、訪れた者に富をもたらすとされる、山の奥深くにある幻の家のことである。その家に迷い込んだ者は、何か一つ土産をもらう。その土産が富を呼ぶ、と言われていた。

一度行って戻ってきたら二度と行けないという、どこにでもあり、どこにもない場所でもある。

迷家は異界の一つだ。あの場所にもよく似ている。

目の前の屋敷は、だいぶ前に住む者が去ったらしく、すっかりと荒れ果てていた。空気さえ、澱んでいる。迷家も廃屋になるのだろうか。

残骸から察するに、元は立派な庭まで構えていた、随分と大きな屋敷だったようだ。塀の外側からも、まるで血のように赤い紅葉が見える。以前はしっかり手入れされていたであろうに、住む者がいなくなると、直ぐにこうなるのは哀れだった。塀は崩れ、屋根に穴が開き、雨戸まで外れている。まるで怪談に出てくる化け物屋敷だ。

怪談と違うのは、この屋敷が酷《ひど》く臭う事だった。生臭いのに青臭い、奇妙な臭いだ。魚粉にも少し似ていた。

崩れかけた門をくぐった途端、その異臭が強くなる。加当は思わず顔を歪《ゆが》めた。門の中には、鯉の餌が腐ったときのような匂いが充満していた。はっきり言えばそれは確かに死臭であったが、人の物とは違う死臭だ。

とりあえず、必ず何かはあると踏んで、加当は臭いの酷い方角へと歩みを進める。

中に入ろうと玄関を開けた加当は、初めて中に入ることを躊躇った。危険を察知したからではない。そんなものは、あの蚕蛾を見たときからわかりきっている。

加当が躊躇ったのは、玄関をあけた時、臭気の中に、奇妙に哀《かな》しい気配が充満していたからだ。嘆きにも少し似ている。

その気配は、外から風が吹き込むと霧散するほど儚《はかな》いものだ。けれど、妙に忘れがたい。

気を取り直し、加当は玄関を通り抜けると、土足で廊下を歩き出す。外観とは打って変わって、床板は妙に丈夫だ。穴が空いたり、腐っている場所はおろか、軋《きし》みもしない。書院らしき場所を通り過ぎると、臭いを頼りに奥へ奥へと歩いて行く。

闇の中に何か潜む不穏な空気は、あの人喰い坊主の寺の中を探っていたときと同じだと少し思った。絶えず胸に湧き上がる不吉な予感は、そこからの連想だろうか。

奥へ進むほど、その死臭は強くなる。

死の匂いは嗅ぎ慣れているので、違《たが》えようもない。臭いを辿って厨《くりや》を抜けて、西側の縁側を真っ直ぐ行くと、突き当たりの蚕棚のある部屋へ辿り着いた。だだっ広い部屋の中、所狭しと並べられた蚕棚を見て、加当は露骨に顔をしかめた。

加当は昔から、蛆だの蚕だのの白い芋虫が苦手である。うぞうぞと密集し、這い回る類いのものが特にいけない。緑色の芋虫だの毛虫だのは密集していても屁《へ》でもないが、あの透き通るような白さの、皮膚の薄い、どこかぬらりとしたものは何故だか駄目だ。

幸いにも、埃の積もった蚕棚には、芋虫の姿は何処にもない。数体の蛾の死骸と、埃が積もって薄汚れた繭玉がいくつも転がっているだけだ。羽化しているのは全体の十分の一にも満たず、九割が目覚めることも出来なかったという事実に気が滅入《めい》るが、ふと加当は、妙なことに気がついた。

「これは……」

羽化した蚕蛾の死骸は、白い翅を茶色に汚してあちこちで朽ちている。しかし、これらの蚕には口がない。当たり前の蚕のようだ。

頭部と胸部と翅はなんとか原形をとどめているが、総《すべ》ての蚕に腹部がないのが不気味だった。

蚕は口がない上に、体が肥大化して飛ぶことも出来ないため、無事に羽化に成功しても数日で餓死してしまう。蚕は意外に汁気の多い虫なので、死んだ後、場所が悪いと三日程度で腹部からドロドロに溶けてしまう。

だから、死骸に腹部がないことはそこまでおかしいことではないのだが、妙に気になって仕方がなかった。腐るなら翅を残し、身体はすべて溶けるはずだ。なのに、腹部だけがなく、その他は残ったままというのは妙だと思う。鳥だの鼠だのが、美味い腹だけ喰った訳でもあるまい。

あの口のある蚕蛾と同様に、ここの蚕は奇妙すぎる。

蚕は人の手がなければ、決して生きていけない虫である。少し餌をやるのを忘れるだけで、あっという間に飢え死にする。自力で餌さえとれない。放置された蚕棚は、見捨てられたのだろうか。それとも、この蚕が元凶で、住人が逃げ出したのだろうか。

あの口のある蚕蛾は、この惨状を見せたくて、加当をここへ誘ったのだろうか。

何もかも奇妙なことばかりで、加当はかなり混乱していた。しかし、混乱すればするほどに、呼吸は整い、そうして頭の奥は冴《さ》えてくる。我ながら妙な習性だが、こういうときはかなり便利だ。

加当はそのまま蚕棚を突っ切って奥へと向かう。ここも確かに死臭が濃いが、奥の方から更に強い死の気配を感じたからだ。

雨ざらしの縁側は、室内と違って流石《さすが》に傷《いた》みが激しく、歩くたびに鶯張《うぐいすば》りのようにキュウキュウ鳴った。

人が住んで、初めて家は呼吸ができるのだという。そういう意味ではこの屋敷は既に呼吸が出来ておらず、早晩死ぬも同然だ。屋敷すべてが死に瀕《ひん》していて、自分はその断末魔に呼ばれたのだろうか。

そんなことを漠然と思いながら死臭を辿って進むうち、加当は畳もない板張りの床の上に本棚が立ち並ぶ、書庫のような場所に着く。

誰かが持ち去ったのだろうか、本棚に書物は数えるほどしか残っていなかった。試しに一冊を手に取ってみると、蚕の飼い方の指南書だろうか、そこには蚕によく似た虫の一生を辿った精密な絵が描いてある。

何気なく次を捲った加当は、そこに描かれたものを見た瞬間に硬直した。

「これは……」

そこには、蚕蛾の蛹《さなぎ》を、上半分と下半分に切り分ける方法が記してあった。繭を作った二日後、まだ蛹が固まりきらず柔らかいうちに、中身を取り出す。太い木綿の糸を胴に巻き、千切れる寸前までゆっくりと引き絞る。そうして蛹が固まるのを待った後、そこを揺すぶって折ると、上半分だけ、下半分だけの生きた蛹になると記してある。

それを更に十日以上待った後、人の手で蛹部分を丁寧に割ると、見事二つに分かたれたまま生きている蚕蛾が作れるとあった。

悍ましいにも程がある内容に、加当は思わず眉をひそめる。

こんな悪趣味なもの、何に使うのかと先を読めば、下半身だけの蚕蛾は良い蚕種をとる為に作るのだと書いてあった。

曰《いわ》く、下半分しかないからこそ生きることに貪欲で、それを番《つが》わせることでより丈夫な蚕種が生まれるらしい。文字通り、良質な卵を産むためだけの道具だった。

頭も胸も足もなく、翅もない、まるっとした腹だけの蚕蛾が二つ、人の手によって無理矢理番わされる図を想像すると、なんとも胸がむかついた。

しかし、元々の蚕蛾にも口がないのだ。食べて延命することが出来ないのであれば、どのみち蚕蛾というものは、卵を産む道具でしかないことには違いがない。翅もないから鱗粉を撒き散らして周囲を汚すこともなく、足もないから勝手に何処かへ行ってしまうことがないのであれば、腹だけの蚕蛾の方が確かに便利だ。

悍ましいが、理にはかなう。

ここではそんなことが日常的に行われていたのだろうか。ふと加当は、先ほどの蚕棚でみつけた腹のない蚕蛾の死骸のことを思い出す。

あれは腹だけ先に腐ったのではない。もとから腹がなかったのだと、気がついた。

では、腹の部分は一体何処にあるのか。腹だけまとめて、どこか他の場所にあるのだろうか。

産むだけの、孕《はら》ませるだけの部位が一所に集められている所を思うとぞっとした。悍ましいと思うべきか、痛ましいと思うべきか、加当にはわからない。

――小野寺の旦那なら、何か察しがつくだろうか。

小野寺は加当の何十倍も書を読み、頭の回転も凄まじい。これを見せれば、屋敷の謎も解けるかもしれない。

謎が解ければ、やるべき事も見えるはずだ。けれど、何も謎が解けない己は、未《いま》だにこの屋敷で何をすれば良いのかがわからない。

ここは一旦戻って、小野寺に相談すべきだろう。

そう判断した加当は、書を懐に入れて引き返そうと踵《きびす》を返す。

と、その時だ。

スゥと妙に冷たい風が、加当の鼻先を撫でた。隙間風にしても冷たすぎる、岩と水の臭いのする風だ。

風が吹いてきた、南側の部屋の隅を見ると、そこの床板がほんの僅か浮いている気がする。試しに浮いているところに指を引っかけると、あっけないほど簡単に持ち上がった。その下に、梯子《はしご》のように急な角度で取り付けられた階段を見つけ、加当は眉を顰《ひそ》める。

隠し階段の闇の先の空間に、玄関で感じたあの哀しい気配が満ちていたからだ。そして、例の死臭も更に濃い。

躊躇ったのは一瞬だった。加当は床板を脇に寄せると、階段を伝って下へと降りる。罠だと重々承知の上だ。しかし、進めるのならば、罠であっても進まなければ《仕事》にならない。まったく損な星回りだ。

想像以上に階段は長かった。八尋《やひろ》は下っただろうか。

階段を降りた先は、実に奇妙な空間だった。ひんやりとして黴《かび》臭い。

昇り口から真っ直ぐに、細い廊下のような横穴が奥へと通じている。崩れ落ちないよう、壁が木材で補強されている様は、炭鉱を連想させた。

地面の下の割に真っ暗闇ではなく、ほのかに明るいのは、あちこちに岩を穿《うが》って、空気や明かり取りの窓がついているからだろう。屋敷の真下にこんな空間があるとは想像だにしなかった。

迷路になっていた時の用心に、加当は壁に手を当て歩き出す。しかし、そんな気遣いは直ぐに無用だと分かった。五間も歩かぬうちに板戸にたどり着いたからだ。

板戸に手を触れてみると、その先の空間で何か微《かす》かなものが動き回る気配があった。万一に備え、加当は腰の刀の鯉口を切っておく。狭さを警戒し、脇差の鯉口も同様にした。

建て付けが相当悪くなっている板戸を開けた加当は、この日一番濃い死臭を嗅いだ。死臭といっても、そこまで生々しくはなく、乾いた気配が強かった。かなり古いものなのだろう。

板戸の中は、三間四方の小さな部屋だ。三方は土壁で、入り口の正面の壁には木の格《こう》子《し》がはまっている。格子の奥に、ぼんやりとした白い影が見えた。

一瞬で部屋を見回して、何もないと確認した加当は、それでも用心しながら中へと入る。格子に近づき、中をのぞき込んだ加当は、ようやくこの屋敷を包む死臭の正体にたどり着いたと信じた。

格子の中には、干からびた死体があった。いったん腐敗した後で乾いたらしく、顔などはグズグズに崩れて判別が出来ない。かろうじて残っていた、頭に張り付く長い髪、そして元は襦袢であったろうぼろきれで、この死骸が女のものだと分かった。

　奇妙なのは、大分崩れてはいるが、この死体が結跏趺坐《けっかふざ》の形を取らされているらしいことだ。そして腹部がぷっくりと膨らんでいる。即身仏にしては出来が悪いし、それ以外なら、結跏趺坐の形を取る意味がない。

　崩れた顔を見ていると、何故だか深い嘆きのような思いが伝わる。この屋敷に漂う哀しみの主は、これだったのか。

　そんなことを考えながら、屍《かばね》を凝視していたときだ。

　ぽとり、と上から白いものが、肩の上に落ちてくる。それは、丸々肥えた蚕だった。二回は脱皮を済ませているくらいの大きさだ。

「！」

　真っ白く透けるようなぷりぷりした肌が、己の肩でのたうつようにうねるのを見て、思わず妙な声が出た。慌てて振り払おうとした時だ。ぽとり、ぽとりと立て続けに二匹の虫が落ちてくる。思わず上を仰いだ加当の目に映ったのは、天井をびっしりと覆って蠢《うごめ》く蚕の群れだ。

　怖気《おぞけ》のような嫌悪感より先に、あり得ない、という思いがあった。蚕は足の力が弱く、餌である桑の木にも登れない。そんな貧弱な足で、天井に張り付けるわけがない。しかし――。

加当の思考が続いたのは、そこまでだった。天井に張り付いていた蚕が一斉に落ちてきたからだ。蚕の群れは、あっという間に加当を覆い尽くし、部屋を青白い色に染めていく。

一方で加当もただ押しつぶされていたわけではない。なんとかここから脱出しようと、暴れて藻掻《もが》く。

呼吸をしようとほんの僅かに口を開けたその時だ。蚕どもは、その細長い身体をくねらせ、僅かに開いた加当の唇をこじ開ける。

拙《まず》いと思ったときには、大量の蚕に口の中へと入り込まれていた。

喉の奥に潜り込まれる恐怖に、咄嗟にがぶりと口の中のそれを嚙《か》んだ瞬間、甘苦くどろっとした、ひたすら青臭い汁が口の中に一気に満ちた。

青臭い香りが鼻に抜けた瞬間、凄まじい吐き気を覚える。

「お、ごッ！」

我ながら腹が立つほど無様な叫びと共に、その汁を吐き出そうとした加当の口に、ますます多くの細長い何かが束になって殺到した。口だけではなく、鼻や耳、眼にまで蚕は潜り込む。かろうじて眼だけは硬く瞼《まぶた》を瞑《つむ》ることで侵入を防げるが、鼻や耳は、手で払っても無駄だった。がさごそと蚕が耳の中を這う音が響き、気が狂いそうになる。

噛みつぶしても、すりつぶしても、圧倒的な量の蚕には通じない。

堂々巡りだ。

やがて喉の奥にそれらが詰まり、加当は呼吸が出来なくなった。吐き気と窒息の苦しみに、喉をかきむしってのたうつが、しかし、解決策は何も無い。

どれくらいの時間が経ったろう。やがて抵抗すら出来なくなった。

まるで罠にかかった獣のようだ。

そんなことを頭の隅でぼんやり考え、加当は意識を手放した。この場所より更に深い闇に沈む間でさえ、蚕が頭の中を這う音がずっと響いて離れなかった。

四

這い回る。這い回る。

体中を蛆虫が這い回る。

これはきっと、昔の夢だ。

大雪の夢だから、四つの頃の夢だろう。

目隠しをされて連れてこられたのは、とてつもなく大きな社だ。誰かに小突かれながら鳥居の下をくぐったのを覚えている。

じゃらじゃらと重い金属音の後、「約束の十両だ」という声が頭の上でした。何が何やらわからぬうちに引き渡されたのが始まりだった。

そこは諏訪の神社で、お前を神使にするため買ったのだと、大人に言われた。

半月ほど、神社で養われ、幾つか文言を教わった。

祭りが始まる七日前、前宮と呼ばれる社にて、七日七晩飲まず食わずで通夜《つや》をする。

真冬に行われるそれは、社の中であるのに、手足がちぎれそうなほど寒かった。

何度か死ぬかと思ったが、意識を失いかける度、名前を呼ばれ引き戻される。

「神を降ろすまでは絶対に殺すな」

「儀式が済んだらどうせ死ぬ身だとはいえ、それまでは保《も》たせなくては」

通夜の最中、勝手な言い草が随分と続いたように思う。

長かったそれが終わると、湯を一杯だけ飲まされた。

赤い着物を着せられ、素足のままで雪の積もった庭へ引っ立てられると、葛《くず》の蔓《つる》できつく縛られ、裸馬に乗せられた。

乗馬した瞬間に六角棒で殴られて、突き落とされた。

そうして何事も無かったかのように、また馬上に戻される。

それだけで、バラバラになりそうな程に身体が痛んだ。

そのまま前宮の馬場を引き回され、何か呪《まじな》いのようなものを唱える、沢山の白い着物の連中の目の前で、またも葛の蔓を用いて百回以上打擲《ちょうちゃく》される。

気を失えば、目を覚ますまで打擲されたし、目を覚ませば、より酷く蔓で打たれた。

身体のあちこちが裂け、ただでさえ赤い着物がより赤くなる。

「諏訪大明神の憑代《よりしろ》になれるのだ、光栄に思え」

口々にそう言って、男達は呪いと打擲を繰り返す。だんだん痛みも感じなくなり、頭の芯が痺《しび》れて恍惚《こうこつ》となった。

これは死ぬな、と、まるで人ごとのように考えられた。

奇妙な儀式が終わった後、ぐったりしたまま、また裸馬に乗せられた。

しばらくあちこち引き回された後、そのまま馬ごと、谷底へ突き落とされ――。


加当が目覚めたのは、夢の中で童子の自分が谷底に突き落とされた瞬間だった。

この夢を見る度に、飛び起きる気力もないほど疲弊する。事実、今の加当には、指一本動かす気力もなかった。

加当は未だ、あの地下の部屋にいるようだった。辺りは暗く、今が何刻《なんどき》かさえわからない。

妙に身体が重くて腹の辺りがじくじく熱い。この熱さは、夢のせいではないだろう……と思ってから、ようやく加当は我に返った。

先刻、あの虫の群れに襲われたことを思い出す。途端に胃の中で何かが蠢く気配を感じ、激しく嘔吐《えず》くが、何も出せない。喉の奥だけが、ぐぅ、と鳴る。

口の中は、先ほどかみつぶした虫どもの、あの甘苦く青臭い何かがこびりつき、大層気分が悪かった。

まともな思考が出来るようになり、真っ先に思ったのは「またか」のただ一言である。

有り体に言えば、あの坊主の時と同じく、不覚を取った、という事だ。

全身が妙に痺れて動かない。多分、先ほどの液体のせいだろう。痺れ毒でも混じっていたか。

腹の中をぎちぎちに詰まった何かが蠢くせいで、吐き気が全く治まらない。けれど、奇妙なほどに怒りはなかった。恐怖もない。

ついさっきまで見ていた、あの夢の余韻のせいだ。随分と久しぶりに見たと思う。

加当の人生は、唐突にあそこから始まっている。最初の記憶、という奴だろう。だから余計に気が滅入る。

一方で、それ以前のことは何一つ思い出せない。あの出来事が鮮烈すぎて忘れたのか、それとも元からなかったのかも不明だった。

出来れば二度と見たくはないが、なかなかそうも行かないようだ。

何故そんな夢を見たのかとぼんやり考えるうち、腹の辺りでぴちゃぴちゃという水音がずっとしている事に気がついた。チクチクとした小さい痛みが、ずきずきとした激しい痛みの合間に混じり、大層不快な感覚だ。

いい加減、暗闇にも目が慣れてきた。痺れて動かない身体をほんの少しだけ持ち上げ、なんとか腹部を見たときだ。そのあんまりな光景に、加当は思わず笑ってしまう。

腹の上には、数え切れないほどの口の生えた蚕蛾が群がっていた。桑の葉を咬《か》みきるように、その小さな口で腹の皮膚を裂き、ちゅくちゅくと血肉を静かに喰っていたのだ。どれくらい寝ていたのかは知らないが、結構な量の肉が喰われているようだ。はらわたまで達しているのかもしれない。いずれにせよ、真っ白いはずの蚕がうっすら赤く染まるほどだから、相当な量だろう。

蚕蛾が肉を食らって生きながらえるものなのかはわからない。けれど、おぞましいと思うより、あまりに馬鹿馬鹿しい自分の有様に、加当は笑いが止まらなかった。

また、喰われている。

肉を喰われるのは何回目だろう。

そんなに自分の肉は美味いのだろうか。どいつもこいつも、真っ先に俺ばかり喰おうとしやがって。

まったく、舐《な》められたものだ。

通常ならば、身動きが取れぬまま、なすすべ無くこのまま喰われていたことだろう。

しかし、今の加当は少し違う。可笑《おか》しいと思う反面、何故か奇妙な哀しみがどこかにあった。

嘆こうにも嘆ききれず、捨て鉢になろうとしても、守るためには狂えない。そういう引き裂かれた、矛盾のような哀しみだ。

これが、自分のものであるわけがなかった。多分、この哀しみの主が自分をここへ誘い込んだのだろう。

——あんたは、俺にどうして欲しいんだ。餌にするだけなら、こんなものは伝えてこない。

ほんの僅かな気まぐれで、そう尋ねたときだった。

どこからともなく、女が密《ひそ》やかに笑う声が耳へと響いた。嘲笑や哄笑《こうしょう》ではなく、母が赤子をあやすときのような声だ。

ふと部屋の右側に妙な気配を感じてまた首を巡らせると、そこには妙になまっちろい、ぱんぱんに膨らんだ芋虫のようなものがいくつも蠢いていた。

ぶにぶにと蛇腹のように動く様は、まるで悪い夢のようだ。

血を翅に滲《にじ》ませた蚕蛾が、バタバタともがきながら這い寄るのを見て、ようやく加当はその芋虫が何かを察する。

——まさかあいつら、みんな雌か。

それは、先ほど読んでいた書物に載っていた、くだんの二つに分かたれた蚕蛾に違いない。半身《かたみ》の虫だ。

では、血を啜《すす》り、肉を喰《は》んでいるのが雄、ということだろう。子を成すために精をつける。そのために、加当の血肉を喰っているという訳だ。

「ふざけるなよ、虫風情《ふぜい》が」

小さく呟き、起き上がろうとしたその時だ。加当の肩を、妙に透けた、白く細い腕がそっと押さえる。こんなに細い腕なのに、加当が藻掻いても、撥《は》ね除《の》けられないくらい凄まじい力だ。

「——駄目」

若い女の声がした。声の聞こえた方向に視線をやるが、何もいない。白い手は確かにあって、加当が起き上がるのを阻《はば》んでいるのに、当の主の顔がないのだ。腕はある。声もある。気配もある。なのに、顔や身体が何処にもない。

「お前はあの子の為に——、あの子を、あの子、子を、子を——」

耳元で囁《ささや》かれるのは、子に関する言葉ばかりだ。物静かな声のくせに、正気を失った声でもある。

しかし一方で、矛盾する思いも響く。

騙された。

こんな筈ではなかったのに。

そう、かみさまのために私は。

とこよのかみさまを――。

同じ声が同時に二つの言葉を紡《つむ》いでいるのだ。

本音と建て前のようなものかと思ったが、それにしては妙な物言いだと思った。

まるで二つの魂が同じ身体の中に宿るような、そういった感覚だ。そういうものには覚えがあった。これは、まさしく――。

伸ばされた白い手が、蚕蛾が喰いやすいようにと、ぐいと加当の着物を更にくつろげる。肩まで剝《む》かれたその時だ。ふと、その白い手が止まった。

加当の右肩から腕まで、細い蔓で縛られたような痣が一面に広がっている。赤黒く、禍々しいそれは、何かの文様にも見えた。あるいは何かの印だろうか。

顔もないのに、女が息を呑《の》むような気配がする。ごくりと生唾を飲み込むような気配の後、うっとりとした風に言う。

「――御宿りの跡。やはり……」

声と同時にぞわぞわと腹に群がっていた蚕蛾が、今度は腕へと移動する。ちくちくと音を立て、痣の辺りを何匹かが喰い始めた。蛾が退いた腹は、皮と肉がだいぶ喰われて、白っぽい筋が覗いている。

その腹が、大きく動いた。

凄まじい力で押さえつけられ、身動きの取れないはずの加当が、じりじりと身体を起こす。

同時に、二つの声が、息を呑むような音が聞こえたその直後、今までずっと黙っていた加当が静かに口を開く。

「……なるほど。てめぇが俺に、あれを思い出させたのか」

静かだが、しかし、灼《や》けるような声だった。

それを聞いた瞬間に、女の腕がピタリと止まる。蠢いていた虫たちも、何故だか動きを止めたようだ。

それほどまでに、怒りが籠もった声ということだろう。

実際、加当はここ数年では無いくらいに怒っていた。今の女の言葉が加当の逆鱗に触れたというのもあるが、あの夢まで見せられたというのも大きい。

一つに怒りを投げたあと、もう一人にも言ってやる。

「わかったよ。俺が、代わりにやってやる」

極力怒りは抑えたつもりだが、しかし、やはり滲んでしまう。だが、それくらいは許せと言いたい。

あの坊主の時でさえ、思い出さずに済んだのに、よりによってこんな虫の群れを相手に思い出すとは。虫の白さが、あいつらの白い着物を連想させたからかもしれない。忘れられる過去でもないが、思い出したくもない過去でもある。そうして、この場を生き延びるために必要な過去でもある。

嫌で嫌で仕方が無いが、加当は、七日七晩唱えていたせいですっかり我が身に馴染《なじ》んだ歌を忌々《いまいま》しそうに低く呟く。

「野辺に住む獣《けだもの》我に縁なくば憂《う》かりし闇になほ迷はまし」

神道集《しんとうしゅう》に収めてある、諏訪明神の歌である。

己が殺すことで、解脱《げだつ》に遠い獣どもですら救われると言い切る傲岸な神の言葉だ。

それを唱えると同時に、一気に身体の呪縛が解ける。驚愕《きょうがく》の混じった悲鳴の後で、ふっと女の腕が消えたからだ。

加当は自由になった身体で飛び起きると、真っ先に床に蠢く雌どもの腹を踏み潰した。びちゃびちゃと粘つく黄色い汁が辺りに飛び散り、大層汚らしい。声も出せない雌の代わりか、加当の身体に留まる蚕蛾がぎぃと鳴いたが、気にも留めない。

なにせ、今の自分が殺さねば、こいつらを成仏なんぞさせられないのだ。腹だけの雌を一匹も余すことなく殺しきると、加当は標的を雄へと変える。

「そこかッ！」

怒声と同時に、一気に自分の後ろの正面、そこだけ妙に色の変わった土壁を貫いた。

どういう具合か、切っ先が刺さった部分からパラパラと土が剝がれだし、網目状にひびが入っていく。

ぐっと奥まで差し込んだ後に刀を抜くと、壁面からは大量の土がどさりと落ちた。辺り一面に埃が舞って、息も出来ない有様だったが、加当は一切気にしない。

死ぬほど苦しかろうが、どうせこの程度で死ねはしないのだ。

加当を喰っていた口のある蚕蛾は、その土埃にまみれて飛べなくなった。まるで普通の蚕のように、地べたを這ってもがいている。死を悟ってか、へこへこと腰を振るものまでいた。自らが死ぬからこそ、次代へなんとかして命を継ごうとしているようだが、その姿はどうにもおぞましい。

加当は土まみれで藻掻く蛾も丁寧に一匹一匹殺していく。あんまり踏み殺しすぎたせいで、草履が虫の体液を纏《まと》ってずるずる滑るようになったが仕方がない。

すべての虫を殺した後、加当が向かったのは例の格子の中にある、あの女の骸《むくろ》の前だった。

結跏趺坐を組み、まるで餓鬼のようにぽっこりと腹がでている、女の骸。

その骸の足下から、ひっきりなしに何かの虫が這い出してくる。最後のあがきだろうが、さすがにここまでは面倒も見切れない。

加当は怒りがあるうちに、それにまかせて骸に刃を突き込んだ。切っ先が減《め》り込んだ先は、ぷっくり膨れる骸の腹だ。

そのまま斜めに一気に振り抜いた。女の骸が真っ二つになり、腹の中身もあらわになる。

腹の中身――それは、干からびた赤子の屍だった。ただし、人の形をしていない。人と何かの間の姿だ。それを見た途端、加当の胃の腑《ふ》で何かが蠢くが、黙って耐える。

女の骸がゆっくり土塊《つちくれ》のようにぼろぼろと崩れていく。赤子の軀もつられて崩れ、やがてただの塵《ちり》に変わった。風もないのに、さぁっと流れるように消えていく。

後に残された加当は一人、その場に立ち尽くしていた。潰した虫の死骸のあたりから、金の光が薄く滲んで静かに天へと昇っていく。

「……長楽寺の僧正とやらも、こんなものを見せられちゃあ、生きた心地もしなかったろうな」

ぼそっとそう呟くと、加当はその場にばったり倒れる。色々な意味で限界であったからだ。

――ありがとう。

耳の奥で穏やかな女の声が聞こえた気がした。

幻聴ではないそれに、加当は小さく呟く。

「ほんとうに、どいつもこいつも……」

苛立ちを微塵《みじん》も隠していないのに、その声には確かに慈悲が滲んでいる。そのまま、今度こそ本当に加当は昏倒《こんとう》した。

最後にちらっと、目覚めたときの揺り戻しはきつそうだと、ぼんやり思った。

五

とんとんお寺の道成寺
釣り鐘下《お》ろいて身を隠し
安珍《あんちん》清姫《きよひめ》蛇《じゃ》に化けて
七重《ななよ》に巻かれてひとまわり　ひとまわり

そろそろ申《さる》の刻にさしかかった頃だろうか。

風に乗って流れてくる少女達の手《て》毬唄《まりうた》を聴きながら、坂下勇悟は詰め所の奥で書見をしていた。本来ならば、とうに帰っている時間である。同僚達の姿もなく、詰め所には坂下しかいない。

とはいえ、何かやり残した仕事があるというわけでもなかった。暇つぶしに読んでいた書が存外面白かった為、帰りそびれただけである。

読んでいた書物もそろそろ終わろうかという頃だ。何の気配もなく、詰め所の戸がするりと開いた。

こういう妙に心臓に悪い戸の開け方をする人間を、坂下は一人しか知らない。

顔を上げると案の定、そこには加当の姿があった。妙に顔色が悪い上、煙と煤《すす》と血の匂いを全身から漂わせている。何があったか知らないが、だいぶ疲弊しているようで、目の下には隈《くま》が出来ていた。

加当は加当で、こんな時間に詰め所に坂下がいることが意外だったらしい。少し驚いたような顔で言う。

「……まだいたのか」

「よう、今帰りか」

何があったとはあえて訊《き》かず、殊更愛想良く返事をしてやると、加当は困惑したような顔のまま、坂下の前に座り込む。疲れ切っているようだが、何か言いたげな顔だった。しかし、この男は喋りたがりではないので、口火を切る間合いが掴めないのだろう。それを察した坂下が、さりげなく水を向けてやる。

「どうした、戻った早々浮かない顔だな。今日は駿河の国境のあたりを見に行ったと聞いていたが」

「ああ。稲子《いなこ》の桜峠まで行ってきた。だが、その桜峠で色々あってな……」

「色々？」

「……口のある蚕蛾に遭った」

　無愛想にそう言うと、加当は、ぽつりぽつりと今日のことを話し出す。峠で見た、猪の死骸。口のある蚕蛾。山奥の迷家、腹だけの蚕、妙なものを孕んだ女の死骸の事など、思いつくままにすべて坂下へ伝える。ただ、自分が見た夢や、蚕どもを皆殺しにしたこと、最後に屋敷に火をかけて、跡形もなく燃やし尽くした事などは話さなかった。それは単なる《仕事》の話だ。

　加当の話に、坂下は少しばかり同情した。

　この男は、きっと坂下に話してもどうにかなるとは思っていないだろう。ただ、腹の中に収めておくのが、相当にしんどいと見えた。

　なんとなく気の毒で、話を総て聞き終えた後、坂下はほんの少し愉快そうに笑って言ってやる。

「なるほど、口のある《しらさま》か。そりゃあ珍しいものを見たなァ」

「しらさま？」

聞き慣れない言葉だった。戸惑う加当に、坂下が笑って続ける。

「俺の郷里では、蚕を《しらさま》って呼ぶんだよ。このあたりだと、《おしろさま》だの《おぼこ》だのって呼ぶんだったな」

　虫に敬称をつけて呼ぶ坂下に、加当は戸惑ったようである。けれど、坂下は気にせず続ける。

「しらさま……、いや蚕ってのは、何代も同じ統の蚕種で育てていると、時折そういう口のある奴だの、ばたばた元気に飛び回る、まるきり蛾みたいな奴だのが生まれてくるんだ。多分、血が濃くなりすぎて、先祖返りでもしてるんだろう。そうなると、もうその蚕種はおしまいだ。だから普通はよその家から蚕種を分けてもらい、少しずつ他の蚕と混ぜて血を薄めていくんだよ。お前が見たその蚕だが、口があって飛ぶんなら、相当に血が濃くなった種とみえるな」

「……なるほど」

　話を聞きながら、加当は内心でその気色悪さに閉口していた。

　血が濃い蚕と聞いて、あの閉ざされた空間で蠢いていた、腹だけの雌の蚕蛾を思い出してしまったからだ。

　まったくぞっとする光景だった。

　いや、怖《お》じ気《け》づくというほうが正しいか。

そんな加当に気付かぬ様子で、坂下は更に話を続ける。

「ただ、口のある蚕ってのは剣呑《けんのん》だぜ。在るはずのものがない、ってより、余分に多い方が厄介の種になるもんだしな」

軽口のようにそういうと、坂下はさっきまで読んでいた書物を広げ、加当に示す。そこには『女、蚕と化す』という文字と共に、馬と娘の絵があった。

「これは捜神記《そうしんき》という晋の本だ。ちょうど小野寺から借りているんだが、これに拠《よ》れば、蚕というのは女が転じたモノらしい」

「女？」

引っかかるものを感じ、開かれた紙面に素早く目を走らせると、そこにはこんな物語が記してあった。

昔、ある男が遠い旅に出た。男の家には一人娘の他に、一頭の牡馬がいた。娘は父親恋しさのあまり、馬に向かって「お前が父を連れ帰ってくれたなら、私はお前の嫁になろう」と言ってしまう。牡馬は娘の願いを叶えるが、約束を知った父親により、射殺《いころ》されて皮を剝がれ、見せしめに庭に曝《さら》されてしまった。娘がその皮を足で皺寄《しわよ》せ、「畜生の身の上で人間を妻になどしようとしたからこんな目に遭ったのだ」と言った瞬間、馬の皮が娘を巻き込み、空へと消え去ったという。父親は必死で娘を探し、数日後、大きな木の枝の間に馬の皮を見つけることが出来た。しかし、当の娘は虫と化して、木の上で糸を吐いていたという。

その話は、その虫こそが蚕のはじまりだ、と締めくくられていた。

「……蚕が女が転じたモノだとして、何故、そんなことを俺に言う？」

低く問うと、坂下が首を捻るようにして言った。

「だからさ、人間の女と《しらさま》ってのは、因果がよく馴染むんだ。蚕の子を孕めるくらいに」

「！」

その一言に、ぐぅっと加当の喉が鳴る。しかし、坂下は話を止《や》めない。

「小野寺に聞けばもっと詳しく分かると思うが、芝川のあたりには、大昔、蚕みたいな虫を《常世神《とこよのかみ》》とかいってあがめてた宗教があったらしい。どんな教えかしらんが、わざわざ京の朝廷が、その宗教を討伐するために、こんな田舎に軍隊を差し向けたくらいだ。よっぽどろくなもんじゃなかったんだろうよ。お前が見たものもな、その名残かもしれんぞ」

常世神という言葉に、加当は格子の向こうで死んでいた女を思う。あれはもしや、閉じ込められていたのではなく、拝まれていたのではないのだろうか。

どこか打ちのめされた様子の加当に、坂下が補足するように話を続ける。

「《しらさま》ってのは、人が助けてやらないと生きていけない虫でな。同じ蛾でも、山繭蛾《やままゆが》なんざ下手すりゃ冬まで出るくらいしぶといが、《しらさま》なんざ、少し餌をやるのを忘れると、あっという間に飢え死にしちまう。馬だろうが牛だろうが、家畜ってなぁ、大体野に放てば好き勝手にやっていけるが、《しらさま》だけは桑の葉の上に置いたって、踏ん張れずに落ちて死んだり、白くて目立つ身体のせいで、直ぐに鳥に食われちまう。本当に、生きることさえ他人の言いなりっていう虫なんだよなァ」

「言いなりの、何が怖いんだ」

「だからさ。そこまで言いなりだと、何でもかんでも受け入れちまうから質《たち》が悪い。蚕ってのは天の虫って書くだろう？　どっちかっていうと、この世の生き物より、あっち側の化け物に近いんだ。繭の内側は、あの世に繋《つな》がってるとも言うしな。下手すると、人間よりもよっぽど強く、化け物の気に当てられちまうぜ。たかが虫と侮《あなど》ると、痛い目を見る」

坂下の長口上に、さすがに呆れて加当が言った。

「随分と蚕に詳しいんだな、あんた」

「まぁ、俺の郷里じゃあ、結構何処でも飼ってたからな。だから見慣れているし、多少は言い伝えにも詳しくなる。門前の小僧、習わぬ経を読むって奴だな」

坂下の口から出た『郷里』という言葉には、何故か奇妙な嫌悪が含まれているような気がした。そういえば、坂下の故郷は飢饉《ききん》のせいで惨憺《さんたん》たる有様だったと言っていた。養蚕はかなり天候に左右されるらしいから、飢饉なんぞが起こった折には、真っ先に大打撃を受けるだろう。坂下の言う『郷里』には、なんとなく滅びの香りが強くあった。

その香りに加当は、坂下にとっては、郷里も蚕もあの世に繋がっているという意味で似たようなものなのだ、と不意に察する。

なんとなくこれ以上、蚕のことを聞くのも気が引けて、加当は口を噤《つぐ》んでしまった。喰われたままの腹の辺りはじくじく痛むし、吐き気も妙に収まらない。

止《よ》せば良いのに、思わず聞いた。

「なぁ、あんたは、腹しかない蚕って見たことあるか？」

「ああ、あれだろ、ガキが遊びでやる、繭の中の蛹が柔らかいうちに、胴体を麻紐《あさひも》で縛ってつくるやつ。まぁ、たまに暗い奴がそんなことをしてたな」

「……それを作って、どうするんだ？　蚕種を取るのに使うのか？」

必死な様子の加当に、坂下が首を傾げて答える。

「蚕種？　もともと薄い繭しか作れない出来損ないで作るんだ。いじめても飛びかかってくるわけでもないから、根暗な奴や、殺すのが好きな奴が嬲《なぶ》っていじめ殺すのに使ってた。さすがに悪趣味すぎて、俺は嫌いだったなぁ……」

新刊案内

2024

1月に出る本

新

タクシーを呼んだ

燃え殻

いつか僕たちは必ずこの世界からいなくなる。日常を生きる心もとなさに、そっと寄り添ったエッセイ集。「巣ごもり読書日記」収録。

●649円

100353-5

近親殺人

—家族が家族を殺すとき—

石井光太

132541-5

田口俊樹〔訳〕

ただ真実のみを追い求める記者魂——。『彼らは廃馬を撃つ』の伝説の作家が、疾駆する人間像を活写した隠れた名作がここに甦る！

●825円

240441-6

新潮文庫 nex

友喰い

—鬼食役人のあやかし退治帖—

大塚已愛

180279-4

富士のふもとで治安を守る山廻役人。真の任務は、山に棲むあやかしを退治すること！ 人喰いと生

坂下の話に、黄汁が喉までせり上がるのは、多分、蚕を喰わされたせいでは無かった。

六

雨は細く降りしきる。昨日は小《こ》春日和《はるびより》の良い天気だったのに、今日は寒雨であるらしい。

小野寺の部屋で、坂下は加当の《仕事》の話を聞いていた。普段は相手の《仕事》になんぞ興味はないが、さすがに吐《と》瀉物《しゃぶつ》の中に蚕の残骸が山ほど混じっていれば気にはなる。そういうわけで、今回は色々と話を聞きに来たのである。

昨日、桜峠から帰ってきたとき、妙に様子がおかしいとは思っていたが、迷家とおぼしき場所に迷い込み、蚕の化け物に腹を喰われていたとは驚きだった。

加当はあの後、盛大に三度も吐いた。胃が空になっても嘔吐き続け、昏倒してしまったので、坂下が吐瀉物の後始末をした。

腹が立ったが、様子がおかしいので襟をくつろげて見たら、何かに喰われたようにごっそり腹の肉がなくなっており、慌てて小野寺の元へと連れていったのだった。

いつものように小野寺は、報告を聞きがてら、加当の腹を縫って治療をした。今は大人しく寝込んでいるという。

一通りの顚末《てんまつ》と、小野寺による補足を聞いて、坂下が呆れたように呟いた。

「しかし、あいつはどうにも喰われやすいなぁ。あの生臭坊主以外にも、まさか《しらさま》にまで喰われるなんて」

冗談交じりの言葉だが、小野寺はにこりとも笑わなかった。酷薄すぎる声で言う。

「それはそうだろう。あれはかつて、七日だけとはいえ、その身に神を降ろしていた男だ。奴等はその残り香に惹かれる。なんやかやと、ああいうやつらは、結局は救って欲しいのだからな」

「神？　諏訪大社の神使だった事がある、とかいうあれか」

以前に加当が漏らした言葉を思い出し、坂下が尋ねた。その問いに、小野寺は静かに頷《うなず》く。

「ああ、そうだ。神使というのは、現身神《あきつかみ》の憑代となる童子のことを言う。おおよその場合は四歳前後の子供にさせるのだが……」

珍しく小野寺が言葉を濁す。

「四つの子供がどうしたんだ？」

「……諏訪大明神は今でこそ大人しいが、その本質は狩猟の神だ。神使は憑代であると同時に、過酷な七日の祭事により殺されて、諏訪大明神に捧《ささ》げられる生け贄《にえ》となる。仮に祭事で生き残れたとして、葛の蔓で縛られた痕は消えず、三年後に死ぬというから、どのみち神使にされた以上、逃れる術《すべ》はないだろう」

小野寺の言葉に、坂下が合点したような声を出した。

「なるほどなぁ。幾らお前が妙な術を使うとはいえ、加当が四肢を喰われても、はらわたを啜られても平然としているのは妙だと思っていたが、そういうことか。じゃあ、あいつの腕にある、変に赤黒い痣も何かあるのか？」

「ほう、あの痣を見て、よく加当に刺されなかったな。あの痣は諏訪大明神の贄の証《あかし》だ。神の贄である限り、腕をすげ替えたところで必ず浮かぶし、化け物共の欲をそそる印でもあるのだ。だから加当は化け物に喰われやすいし、また、あの痣を嫌悪しておる。だが、あの痣があるからこそ、諏訪大明神の力の片鱗を借りられる一面もあり、相当複雑な心境のようだ」

「諏訪大明神の力？」

「諏訪大明神は狩猟神だ。殺すことでのみ、あらゆる生き物を成仏させられる神であるが、憑代の加当も同じ事が出来るのだ。もっともあれは、その力を使うのは嫌がるがな」

言いながら、小野寺は手にした書を開く。それは加当が例の屋敷から持ってきた、異形の蚕の作り方が載った本だ。

多分もう、小野寺は話を続ける気はないのだろう。けれど、坂下はそんなことは意に介さない。

　感心したように、ぽつりと言った。

「結局の所、加当も俺と同類なんだな。つまりは文字通りの土《ど》壇場《たんば》で、お前に助けられたという訳か」

　本を捲りながら、小野寺がぼそっと答える。

「……お前の場合は自業《じごう》自得だろう。人買いに売られて神使にされた加当とは、立場が真逆だ。だが、お前のその、自分のことを平然と棚に上げる図々しさが生を掴んだ。それは誇って良いぞ」

　皮肉なのだか、賞賛なのだか分からぬ声だ。本来はここで話を切り上げるのだが、坂下はふと、思い立って聞いてみる。今なら答えるだろうと思ったからだ。

「しかし、あんたは厄介ごとには我関せず、っていう性分だろう？　なんで加当を助けたんだ？　四歳のガキなんて、拾ったって面倒なだけだ。放っておけば、素直に終わっていたんじゃないのか？」

　果たして小野寺は、眉一つ動かさずに言った。

「何、『生きたいか？』と訊いたら、あれは『生きたい』と答えたのだ。お前と同じだ。だから私は、お前達を生かしてやった。お前もあれも、生きるということを選んだのだろう。あの坊主や、今回のその女は、生きることではなく、あちら側を選んだだけだ」

「俺等と違って、選ばせる奴がいなかった、ってことだろう？」

「ならば、それは運が悪かったということだ。お前達は運が良かった。それだけだ」

「なるほどなぁ。不運ってのは、そういうもんだ」

うっすら笑う坂下は、何故か異様に酷薄に見える。小野寺はそんな坂下を一瞥《いちべつ》すらせず、書へと向かった。これで終わりだという意味である。

――本の蟲《むし》めが。

悪態をつきながら、この会話を加当が聞いていたら、その悍ましさにさぞや激昂《げっこう》しただろう、と坂下はぼんやり思った。人の生き死にを、他人が運だの、不運だので語るなと、それくらいのことは言ったかもしれない。

しかし、この場に加当はいない。

――あれはまったく、真っ当過ぎていかんなぁ。

まるで蚕のように自分の不運も何もかも飲み込むような質の男が、蚕の化け物に成り果てた女に縋《すが》られる。お粗末すぎて心中立てにもなりはしないが、笑い話にするにはなかなか重い。

喰う、というのはある意味で、相手を自分の腹に収め、ずっと側にいてもらうのと同じ事だ。

多分、ああいう連中にとって、加当は本当に縋るのにちょうど良い立場にある。坊主だって、ちょうど良いときに加当が来たから、ああしたのだろう。

であるならば、加当自身、だいぶん不運だ。

坂下の経験では、不幸は足からやってくる。ただでさえ不運なのに、不幸まできたらさすがに難儀だ。寒雨だから、こんな日は特に不幸が来やすいだろう。

——あとで行火《あんか》でも持って行ってやるかねぇ。

坂下は、雨を見ながらそんなことを考える。自分の幸運、不運、幸や不幸はまるきり考えていない顔だ。実際、坂下にはそんなものはどうだっていい。

雨が降る。

まるで、絹糸のような雨だった。

第三話

水の滸

MIZUNOHOTORI

一

嘉永四年、師走《しわす》、甲斐国。

山廻役人・坂下勇悟に縁談が持ち込まれたのは、月のはじめのことだった。居間で対《たい》峙《じ》している来客にそれを切り出された坂下は、珍しく困惑していた。

富士から吹く風に、雪の匂いが混じるようになった頃の話だ。駿河国と違い、甲斐国は毎年結構な雪が降る。雪が降ると山に入れなくなるため、山廻役人達もどことなく暇になる頃合いだ。実際にやることもないので、ほとんどの山廻役人が午前に少し顔を出すだけで、この時期の林奉行所は大概がらんとしているのが恒例だった。

山廻役人にとっての、ちょっとした休暇のようなものである。普段は山に入って留守がちの坂下もこの時期だけは昼間から家にいる。

縁談の話が降って涌《わ》いたのは、まさにそれを狙ってのことだろう。

通いの老僕が客を案内してきたとき、ちょうど坂下は小野寺に借りた太平記《たいへいき》を読んでいた。四十巻中の第八巻、後《ご》醍醐《だいご》天皇と鎌倉幕府の関係がいよいよ熾烈《しれつ》になってきた辺りである。第一部から不穏な気配しかないのに『太平記』とは随分皮肉が効いているものだと思う。

九巻に手を伸ばしかけた時、坂下は来客を老僕から告げられた。

客は髪に白いものが大分混じった壮年の男だ。上野《うえの》村の村長だというその男に見覚えはなかったが、なんとはなしに居間でこうして対峙している、というわけだ。

その村長は、吉五郎《きちごろう》と名乗った。優しい目の見るからに穏やかそうな男である。年の頃は不惑を少し越えた辺りか。

「……俺に、縁談だと？」

困惑したような声を出す坂下に、吉五郎は平伏したままこくりと頷く。

「左様でございます。実は私の甥《おい》に新右ヱ門《しんえもん》という者がおりましてな。まだ若いのに、風邪をこじらせ先月身罷《みまか》りました。甥には許嫁《いいなずけ》があり、本来ならば来年の春に祝言《しゅうげん》を挙げる予定だったのですが……」

それだけ聞けば、大方の予想はついた。祝言というのは思いのほか様々なしがらみが生まれるものだ。村長の甥の嫁である、おそらくは娘の家柄も当然良い。たとえそれが許嫁の死によるものだとしても、嫁入りが破談になればその娘にも傷がつくし、そうなれば厄介なことになるのは目に見えている。だからなんとかして新しい嫁ぎ先を探そうとしているのだろう。

淡々と話を続けようとする吉五郎を坂下は手で制して口を開いた。

「いや、皆まで言わずともいい。ようはその娘の新たな嫁ぎ先として、俺に白羽の矢が立った、という事だろう？」

坂下の言葉に、吉五郎は少しほっとしたような顔になる。

「さすがは坂下様、察しが早い。林奉行・小野寺様の懐刀《ふところがたな》と噂《うわさ》されるだけの事はある。その通りでございます」

「懐刀とは大袈裟《おおげさ》な。ただの子飼いだ」

苦笑する坂下に、吉五郎はずい、と身を寄せた。

「いやいやご謙遜を。例の神無月の嵐の件、坂下様の一言で小野寺様が動かれて、代官所に年貢《ねんぐ》を減らすよう掛け合ってくださったというのは、ここらの村では専らの評判でございます。おかげで今年の年貢がかなり軽くなり、我らもなんとか年を越せるようになったのです」

妙に熱っぽく語る吉五郎とは真逆に、坂下はますます引いた表情になっていく。

「……ああ、先月のあの話か。あれは御奉行がなされたことだ。俺はお前達の言葉をそのまま御奉行に伝えただけだから気にしなくとも良い」

縁談が持ち込まれた経緯を察し、坂下は苦笑した。ひらひらと手を振って答える。

先々月、季節外れの大嵐が起こり、山が崩れて川が溢《あふ》れた。刈り入れ前の稲は勿論《もちろん》、山に保存していた材木も流され、途方に暮れた近隣の村の村長連中が奉行所に押し寄せたのだ。いちいち詳細な窮状を書き取るのも面倒だった坂下は、小野寺に『近隣の村長どもが口々に年貢を減らしてくれと泣きついてきた』とだけ伝えたのだった。

坂下は本当に何もしていない。何かしたのは小野寺である。

しかし、吉五郎はそうは思っていないようだった。這《は》いつくばるようにして言葉を続ける。

「滅相もございません！　今回の年貢の引き下げで、どれほど我らは救われたか……。御武家様に村娘を嫁にしろというのは傲岸な振る舞いだと存じております。しかし、可愛い甥の嫁になる筈《はず》だった娘です、私にとっても身内同然。そんな娘を任せられるのは坂下様しかいないと……」

その必死な様子に、坂下はこの話が長くなる気配を察した。太平記の続きも読んでしまいたく、さっさと奥の手を出すことにする。

「いや、別に村娘だろうが大名の娘だろうが、俺は嫁をもらう気は一切無いのだ。……そうだな、付いてこい」

ひれ伏す吉五郎にそう告げると、坂下はため息交じりに立ち上がった。そのまま隣の部屋に案内する。

そこは仏間になっていた。部屋の隅に、小さな仏壇が一つある。

仏壇には、小さな位牌《いはい》がぽつんとあった。表には墨書きで女の戒名《かいみょう》が記されている。

「これは……」

「……俺の女房だ。まだ江戸に居る時分、流行病《はやりやまい》で亡《な》くなった」

普段より幾分沈んだ声で告げる坂下に、吉五郎は言葉もなくなったようだった。しばらくして、感に堪えないように呟《つぶや》く。

「左様でございましたか、坂下様は奥方《おくがた》をなくされて……。それはそれは……」

「ま、そういうわけだ。わざわざ来てくれたのに無駄足になってすまなかったな」

駄目押しのようにぺこりと頭を下げてみせると、吉五郎は恐縮しきり、それでなんとはなしに話は終わりになった。

吉五郎はすごすごと帰っていったが、その後ろ姿を見送りながら、老僕がぼんやりと坂下に言う。

「あれはなんというか……また来られますな。往生際《ぎわ》が悪そうですし」

老僕の言葉を、坂下は鼻で笑う。首のあたりをさすりながら、少し遠くを見て言った。

「来たところで、俺は誰とも一緒になる気はないさ。俺には多分、女を幸せに出来るような甲斐性がないんだよ」

いつも飄々《ひょうひょう》としている坂下だったが、その声にはどこか苦いものが混じっていた。

二

縁談話の二日後。坂下は小野寺に呼び出され、久方ぶりに外に出た。借りていた太平記の半分ほどを読み終わっていたので、ついでにそれも持っていく。

　坂下の家から林奉行の屋敷までは、ぶらぶら歩いて四《し》半刻《はんとき》ほどだ。冬特有の棘《とげ》のある空気に刺されながら通りを歩いていた坂下は、ふと、街道に見慣れない旅装束の男達がいることに気がついた。数はおおよそ六人だ。

　——妙だな。

　このあたりは温泉が湧くので、江戸からの湯治客かとも思ったのだが、それにしては全員がなんとなく精悍《せいかん》なのだ。身につけている衣服や刀も上等だし、どこかの家の者だろうか。幾人かは四方を見回し、まるで誰かを探しているようにも見える。あばた面の男がまとめ役のようで、妙にこぎれいな形《なり》をしているのが目を引いた。

　仇討《あだう》ち者とその助っ人だろうか。だが、それにしては——

　そこまで考え、坂下はわずかに唇の端を歪《ゆが》めて苦笑した。見慣れない連中がどうしようが、少なくとも自分には関わりのないことだ。そもそも坂下は、余計なことに首を突っ込むのは、十年前のあの出来事以来やめている。

何かあったら、代官や関所の役人が動くだろうと思いながら、坂下は小野寺宅へと足を進めた。

小野寺は、川沿いにある屋敷にわずかばかりの使用人とともに棲《す》んでいる。住んでいるのではなく、棲んでいるとしか言い様がないと、坂下は屋敷に行くたびにそう思う。

小野寺の屋敷はどこを取っても本だらけで、かろうじて玄関と、入ったことのない客間にのみ本がないらしい。あとは必ず――廊下にさえ、本が溢れる。まるで本の森だった。その中に棲み着いている書物を喰《く》う獣、それが坂下の目に映る小野寺の印象である。

林奉行という役職に就く以上、それなりの人物であるはずなのだが、その氏素性《うじすじょう》は十年来の付き合いであるはずの坂下にもほとんどわからない。わかるのは、本の虫で、がりがりに痩せていて、昔は公家侍かなにかで京にいたことがある、ということくらいだ。純粋に坂下が他人の過去に興味がないというのもあるが、小野寺がことさら自分のことを話さないのも関係している。

『同僚』の加当についてもそれは同じで、こちらも三年ほどの付き合いなのに、小野寺の知り合いということくらいしか知らなかった。

しかし、なぜか近頃は風向きが変わってきている。梅雨にあった人食い坊主の件からこちら、少しずつだが同僚達の過去を知る出来事が立て続けに起こっていた。出会ってから十年もたてば、さすがに幾ばくかの情が湧く。いい加減、何かが動き出す頃合いなのかもしれなかった。

　水無月の事件の折にどことなく、幕の時間だと感じたが、やはりあれは切って落とす方の幕だったのか。そんなことを思いながら坂下は小野寺家の門をくぐる。

　いつものように書庫に案内されると、果たしてそこでは小野寺が薄明かりの下で何かの書物を読んでいる。

　太平記を包んだ風呂敷を床に置くと、坂下は本を押しのけ適当な場所に座った。小野寺はそれを別段咎《とが》めもせず、そして本から目を離しもしない。それもいつものことである。

　当然話を切り出すのも坂下の方からだ。

「で？　今日はどういう用事で呼び出したんだ」

　いつも通りにやる気のない声で訊くと、小野寺もまた書物から目を離さずに答えた。

「……ここ数日、妙に山が騒がしい。丹波《たば》山《やま》村で山に入った男どもが戻ってこないという訴えが奉行所に届いてな。女は何事もなく戻るという点が、例のあの寺……男ばかりが狙われた事と様子が似ている」

「なるほど……青頭巾か」

　青頭巾の味を思い出し、坂下は思わず舌なめずりをしそうになった。なんとか耐える。

あの坊主はほどよく人をやめていて、そのくせ妄執《もうしゅう》は濃いものだから、喰いでがあって実によかった。

坂下は化け物喰いだ。普通に飯も喰うのだが、好物は化け物だった。子供の頃に飢饉《ききん》に遭って飢え死にしかけた坂下は、そこかしこに飛んでいた人魂《ひとだま》を喰ってみた。人魂は存外美味《うま》く、喰えば喰うほど気力が湧いて、おかげで坂下は生き延びる事が出来たのだ。

以来坂下はこの世ならざるものが喰えるようになったのだが、かわりにそれでなければ、真の意味で腹がくちくならなくなった。ある意味で如何物喰《いかものぐ》いの一つであろう。

化け物喰いで如何物喰いの坂下には、ああいう悪趣味な連中が一番美味い。そういえばここ最近はめっきり食事をしていないな、と思っているうち、小野寺の話はどんどん進む。

「丹波山村の近くには、銚子《ちょうし》滝がある。あのあたりはかつて武田信玄公の隠し金山があった場所だと言われておってな。そのせいで、あちらこちらをほじくり返す阿呆《あほう》どもが多いのだ」

「今回行方知れずの連中は、そういう阿呆の類いかね？」

「それだけなら放っておくが、至極まっとうな杣人《そまびと》や狩人も行方知れずになっている。手当たり次第という点も、あの寺と似ているな。だからこそ、我らの『仕事』と思ってな。大事になる前に動くことにした」

小野寺の言葉は珍しくまっとうで、坂下はいぶかしげに首をかしげる。この男がまっとうな理由で坂下を使うわけがないからだ。何か裏があるのだと思ったが、坂下はそれを尋ねることはしなかった。

おおよそ、好奇心は猫を殺すのだ。

「だったら、今回の『仕事』は、山に入った連中を隠す『何か』を喰うことかね？」

「お前が喰えるモノであるのなら喰ってもかまわぬ。喰えぬモノなら私に伝えろ。しかるべき手続きをしよう」

化け物や怪異の類いなら坂下の分野だが、万一普通の事件であれば小野寺がまっとうな手段を手配する、そういうことだ。

「わかった」

丹波山村までは距離がある。出発は明日になるだろう。ぼんやりと道程を算段している坂下に、相変わらず振り向きもせずに小野寺が言った。

「加当も連れて行け。あれは良い餌《え》になる」

ひどい言い草であったが、なぜだか嫌悪《けんお》は感じない。

「わかった」

話が済んで坂下が退出する時にも、小野寺は顔を上げることはしなかった。

三

相変わらず風は尖《とが》るように冷たいが、天気だけは妙に良い。

冬特有の空の色を眺めながら、坂下は加当と肩を並べて黒川《くろかわ》山へ至る山道を歩いていた。かつて金山があって栄えていたというだけあって、へんぴな場所にある割に、道はしっかり踏み固められ歩きやすい。

秋口に妙に煤《すす》けて帰ってきた日以来、ただでさえ口数の少なかった加当は更に口が重くなり、時々考え込むことが多いようだった。

今日も今日とて、訊いたことには答えるが、自分から何かを発しようとはしない。返事をするだけまだ無視されるよりはましであるので、坂下も特にどうしたのかと尋ねることはしなかった。人には人の事情があるし、そもそも坂下は人の腹を探るのも、腹を探られるのも面倒な質《たち》なのだ。

しばらく歩くうち、二人は川の流れる場所に出た。道はここから分かれており、右へ行くか左へ行くかで迷うところだ。

「黒川山で消えた、というより、黒川山に行こうとして消えたっていう話だからな。この辺が怪しいんだろうが……」

坂下の言葉に、加当も無言で視線を巡らす。それを見た坂下は、ふと小野寺の言葉を思い出した。

『加当も連れて行け。あれは良い餌になる』

心に浮かんだあの声に、ふむ、と頷き訊いてみた。

「なぁ、加当。お前はどっちが不吉だと思う？」

「……不吉？」

訝《いぶか》しげに訊き返す加当に、坂下は事もなげに言った。

「人が消える場所なんざ、何か曰《いわ》くがあるだろう。そういう場所は大概不吉な場所だと相場が決まっているからな。俺は生憎《あいにく》そういう鼻が利かんのだ。その点お前はしょっちゅうそういうモノに好かれるだろう」

その言葉に加当はあからさまに気を悪くしたような顔になったが、しかし、律儀《りちぎ》に右を指す。苦々しい口調で言った。

「嫌な予感がする、というならこちらだ。不吉かどうかはわからない」

「お前は素直な奴だよなぁ」

聞くやいなや、坂下はすぐに右の道へ足を進める。加当がいささか憮然《ぶぜん》として言った。

「……あんただって大概だ」

「そりゃあ、俺が訊いたことだしな」

訊いた以上は従うよ、と言う坂下に対し、加当は奇異なものを見たような目になったが、そのまま後ろをついて行く。

四

——俺が嫌だと言った道なのに、なんでこいつは躊躇《ためら》いなく進むのだろう。

加当は坂下のこの妙な脳天気さがどうも不思議で仕方がない。開けっぴろげの信頼とは少し違う坂下の距離感に、出会ってから三年以上たつというのに加当はなかなか馴染《なじ》めなかった。馴染めないと言うよりも、対処法をよく知らないと言った方が良いかもしれない。

加当がそんなことを考えているうちに、二人は少し広い場所に出た。

そこは小さな祠《ほこら》のようで、だいぶ前に誰かが供えたらしい花がすっかりしおれている。

「ここに祀《まつ》られているのは、稲荷《いなり》か何かかねぇ」

のんびりと言いながら、坂下が加当に目配せをした。祠の陰に誰かいる、ということらしい。相手は武芸の心得でもあるのか、ご丁寧に気配を消しているようだが、加当と異なり坂下は『こういうこと』には鼻が利くのだ。

坂下の目配せに、加当は小さく頷いた。音を立てないように鍔《つば》の後ろを握り込み、さりげなく鯉口《こいくち》を裏切っている。

加当の準備が整ったのを見て、坂下が少し口の端を吊り上げ言った。

「さて、そこの者。俺は山廻役人・坂下勇悟、こちらは加当平九郎だ。この山は本日より林奉行・小野寺様より立ち入り禁止の命が出ている。それを知らぬ訳ではあるまい。縛《ばく》に就きたくなければそこから出てこい」

当然だが、そんな命など出ていない。しかし、山廻役人の出で立ちをした者がはっきり断言すれば、大概の者は素直に信じる。山廻役人の呼びかけに従わない者がいればそれは後ろ暗い連中であろうし、いずれにしても迅速に事は済む。

坂下の呼びかけに、祠の陰にいる者は多少動揺したようだ。しかし、覚悟を決めたのか、すんなりと道に出てきた。

それは、杖《つえ》をついた旅の僧侶のようだった。年の頃は四十半ばか。笠《かさ》で顔はよくわからないが、ずいぶんと力強い顎をしている。『ようだ』というのは、その男が身にまとう墨染めの衣が妙に新しいことと、僧にしては妙に体格がよすぎるせいだ。なんとなく僧侶という範疇《はんちゅう》にいるような男には見えなかった。

僧侶は幾分険しい目で坂下を見て訊いた。

「……山廻役人、とは誠か」

しゃべり方も僧侶らしくはない。坂下が懐から山廻役人に与えられる鑑札《かんさつ》を出して男に見せる。男はそれを矯《た》めつ眇《すが》めつしていたが、納得したのか頷いた。そうして勝手に己の身の上を語り出す。

「確かに本物のようだ。それがし……、否《いな》、拙僧は宗純《そうじゅん》と申す。先月出家したばかりでな。修行のため身《み》延《のぶ》山へ向かう途中だったのだが、道に迷って途方に暮れて居ったのだ」

「身延山はだいぶ南の方角だ」

「近道をしようと山に分け入ったのだが、横着はするものではないな」

宗純と名乗った僧は、坂下の問いに物怖じもせずに答える。端で見ていた加当としては準備された言い訳のようで余計に怪しいのだが、しかし、坂下はあっさりそれを受け入れた。

「そうか。このあたりは近頃物騒なことになっている。気をつけてゆくが良い」

「物騒？」

宗純が訊き返すと、坂下は真面目くさった顔で言う。

「左様。近頃このあたりで山に入った村人が消えるのだ。賊か獣かはわからぬが、お奉行が山に入ることを禁じ、そうして我ら二人に検分を命じた理由がそれよ。我らが来た道をたどれば街道に出る。昼間なら危ないこともさほどあるまい、身のためにも、引き返した方がよいだろう」

すらすらと僧侶に語る坂下を、加当は驚いて見ていた。この男にしては親切すぎる。普段の坂下はここまで丁寧に他人に警告などしない。

確かに坂下が言っていることはほぼ真実だ。違うのは林奉行から入山の禁止令は出ていないし、村人が消える理由がおそらくは、賊や獣よりもやっかいなモノが原因だろうということくらいだ。

更にこの二人の会話の仕方が妙だった。お互いになにか書き物の台詞《せりふ》を棒読みしているような不自然さがある。

腹の探り合いの極地のような、そんな尻の据わりの悪さを感じ、何やら加当はいたたまれないような気になった。

黙って成り行きを眺めている加当を尻目に、坂下と宗純は相変わらず棒読みの会話を続ける。

「しかし、それは困った。例えば分かれ道などがあったなら、拙僧はおそらく道に迷ってしまう」

「そうだな。確かにこの先には分かれ道がある。行方知れずの村人だけでも気が重いというのに、御坊まで行き倒れにしてしまっては更に夢見も悪かろう。この検分が終わるまで待っていてくれたら、身延のあたりまでともにゆこうか」

坂下の提案に宗純はわずかに目を細めるがそれだけだ。

——これはなんの茶番なんだ？

そう喚《おめ》きたくなるような白々しさだったが、しかし、加当は黙っていた。どことなく坂下の様子が普段と異なるような気がしたからだ。

「それは重畳《ちょうじょう》。足手まといにならぬようにする故《ゆえ》、是非お頼み申す」

「ああ。しかし、勝手な行動をとって迷われたら、探しはせぬぞ」

白々しさに輪をかけた声でそう言うと、坂下は加当を振り返る。

「そういうわけだ。この御坊を連れていく。何が起こるかわからんからな。お前も気をつけろよ」

その口調はまったく普段と同じもので、加当は狐《きつね》につままれたような気分になって曖昧に頷いた。宗純にはさぞや間の抜けた顔に見えるだろうとなんとなく思い、加当はそんな自分に内心で毒づく。

「さ、では行こうか。人が消えているのは事実なのだ、ゆめゆめ油断するなよ」

戸惑う加当の肩を軽く叩《たた》くと、すっかり元の口調に戻った坂下が暢気《のんき》に言った。加当は黙って頷くと、ちらっと宗純の顔を横目で見る。

笠で良くは見えないが、宗純の表情にも特に変わったところはない。

——一体何だったんだ……。

腹芸など使えない加当には、先ほどのこの二人の会話の意図がよくわからない。ただなんとなく、不穏な予感はどこかにあった。

それが確信に変わるのは、四半刻後のことだった。

五

水の音が真下に聞こえる。

三人は、崖際の細い道を坂下を先頭に、宗純、加当の順で並んで歩いていた。近くに滝でもあるのだろうか。轟々《ごうごう》という震動が足裏に響く。

師走というだけあって、本来は生い茂っているはずの草も枯れ果てて、細い道でも歩きやすい。三人はろくに会話もしないまま、なんとはなしに坂下について行く。

「……妙だな」

ふと、先頭を行く坂下が呟いた。振り向かないまま手を回し、後方にいる二人を制する。

「どうされた？」

宗純の問いに、坂下が振り返らずに答える。

「足跡が急に消えた」

意外な答えに、思わず加当の声が出た。

「あ。俺はここに来る途中、地面にまだ新しい足跡を見つけたんで、その跡を辿ってきたんだ。だが、それがこの場で急に消えた」

坂下が闇雲に歩いていた訳ではないと知り、加当は感心してしまう。愚鈍な自分には思いつきもしないことだと思ったからだ。

「足を滑らせて落ちたのではないのか？」

すぐ隣は崖なのだ。その可能性もなくはない。しかし、坂下は静かに首を振る。

「いや、下に落ちたとしたって、足跡が残っている位なんだ、足を滑らせた跡だってあるだろう。なのに、ここから先には何もない」

坂下の言うとおり、草の枯れた道にそんな跡はどこにもなかった。

ぽつり。

地面を凝視していた加当の目の前を早い何かが一瞬通った。地面に黒いしみが出来る。

とっさに上を見た加当は、そこに信じられないものを見た。

「……！」

息を呑む加当の気配に坂下が声をかける。

「どうした、加当……」

加当の様子につられて上を見た二人だったが、視界に入ったものに一瞬絶句する。

そこにあったのは、バラバラになった人間のなれの果てだった。冬ですっかり葉の落ちた枝の上に、人間の破片とおぼしきものが幾つも引っかかっている。

大方は手足のようで、赤黒く変色した血に覆われた土気色の肌はところどころがぼろぼろに破れ、赤黒い肉が見えていた。それがまるで紅葉した葉のようで、だから遠くからでは気が付かなかったのかもしれない。

血にまみれたぐずぐずの手足はともかく、頭頂部に大穴が開いて、そこから汁を滴《したた》らせた人間の頭までが引っかかっているのが見て取れた。穴の開いた頭頂部の縁《ふち》には色のきれいな小鳥が止まり、そこで中に残る黄色っぽいものを啄《ついば》んでいる。

肝の弱い人間なら卒倒してもおかしくない光景だが、ここにいる連中はどうやらその心配はなさそうだ。一旦は絶句したが、すぐに我に返っている。

「こりゃあ……なかなかすさまじいな」

なぜか感心したような声で呟くと、坂下は足下から棒きれを拾い上げた。何の躊躇いもなく引っかかっているもの目がけて投げ付ける。

「おい……!」

流れるような動作だったため、誰も坂下の行動を止められない。棒きれがまっすぐ『それ』に命中すると、均衡が崩れたのだろう、複数の肉片が一気に三人の足下に落ちてくる。

おそらく狙ってやったのだろうが、一番近くに転がってきたのは、顔だけになった男の頭だ。上にあるときはわからなかったが、両目もくりぬかれ、頭の中身もからっぽだった。血をはじく赤い糸のようなものが零《こぼ》れ落ち、外側から吸い出されたような印象を受ける。頭頂部がないのは、脳みそを啜《すす》られたからだろうか。白い骨の内側には中身がほとんどなかった。目を抉《えぐ》られ人相もよくわからない状態なのに、大きなあばたが頬に残ることが不思議に生々しい。

「ふむ」

一言唸《うな》ると、坂下は一番近くに落ちてきたそれを足先で軽く蹴って、更にほかの角度から詳しく検分を始めた。

「……何かわかるか？」

加当が訊くと、坂下が肩をすくめる。

「多分これは、喰い残しだろうな」

「喰い残し？」

「俺は昔、熊に喰われた人を見たことがあるんだが、そいつにこれはよく似ている。美味いところだけ喰って、そうして後は捨てたんだろう」

「捨てた……」

「見てみろよ、落ちてきたのは手足と頭の喰いかけだけだ。胴体がどこにも見当たらない。臓物やら腹肉やらの、柔らかいところだけを喰っている。熊なんぞは人間の肝の臓が好物で、殴り殺した後真っ先に腹を喰い破ってそれを喰うらしいんだが、手足は固いし骨の割合が多いので引きちぎりはしてもあまり喰わないと聞く。この喰い方も多分、熊と同じ理屈だろうな」

　坂下の見立ては冷静だった。加当は言われて初めて胴体がないことに気がついたのに、坂下はこれが木の上にあった段階から気づいていたようだ。

　甲斐国にも熊はいる。それの仕業ということだろうか。加当はちらっとそんなことを考えたが、そうではないということも頭のどこかで理解していた。

　二人の会話を聞いていた宗純が、どこか腑《ふ》に落ちぬように呟く。

「確かに目玉も脳みそも、内臓も大体獣が好む部位だと聞いたことがある。しかし、熊が木の上に餌を隠すなどとは寡聞にして知らないぞ」

「俺も聞いたことはない。多分これは……この死体を路上から隠したんだろう」

　坂下の答えに、宗純はますます腑に落ちない顔になる。

「隠すのならば、崖下《がけした》に捨てれば良かろう。その方がよほど簡単だ」

「ああ。だが、崖下に捨てて水底にでも沈めば良いが、浮いて流されれば事だろう。多分これをやったやつは……知恵がある」

　言いながら坂下の唇の端がつり上がっていた。笑っている。

「南無妙法蓮華経……」

その笑みに気づかぬように、宗純が何やら口の中で唱え始めた。法華経《ほけきよう》だ。僧侶としてこの惨状はあまりに放っておけぬと思ったようだ。身延山に行くと言っていたが、やはり日蓮宗であったらしい。

宗純が経を唱えているすきに、加当はその脇を通り過ぎて坂下の横に行く。低い声で小さく訊いた。

「……なぜ笑う？」

坊主に怪しまれる、と続けると、坂下がまた笑った。

「すまん、すまん。知恵のある連中は美味いからな。久しぶりに腹がくちくなると思ったら、つい、な」

その答えに、そういえばこの男は化け物喰いの如何物喰いだったと思い出す。宗純の足下に転がる首の名残の両目がないことで、加当は半年ほど前の、あの青頭巾に目玉を抉られ、啜られた記憶を嫌でも突きつけられた気分だった。

ケッ、と一つ、呼吸で胸に溜《た》まる不快感を吐き出したそのときだ。不意に耳に、何かか細い声が聞こえた気がした。

――……や……、……うや……。

それは女の声だった。誰かを探して呼んでいるような、そんな声。

女。

加当の脳裏に、一瞬、例の蚕蛾《かいこが》の女がよぎる。あの大量の蚕を嚙《か》みしめる感覚が不意に口腔《こうこう》内に蘇《よみがえ》り、強烈な吐き気を覚えた。

「おい、どうした加当……」

青ざめた加当に気付いた坂下が訝しげな顔で訊く。なんとか言葉を発しようとしたその時――それは、不意に始まった。

六

崖の下からの突風は、川の水でも巻き上げているのか、水気をやたらと含んでいた。見る間に視界が霧に覆われてあたりが真っ白になる。

――まずい。

とっさに加当は鯉口を切って刀を抜いた。

シャッと鋭い音がして、霧の一部が霧散したがそれだけだ。霧は見る間に寄せ集まって、白い闇のように一寸先も見えなくなった。

「ちぃッ！」

舌打ちをしても状況は変わらない。加当はそばにいるはずの坂下に声をかけようとして、ある違和感に気がついた。

妙に足下がふわふわとしているのだ。先刻までのあの固い地面とは全く違う感触は、視界の白と相まってなんだか雲の上を連想させる。霧は冷たいはずなのに、これは不思議とぬるかった。

これは危険だ。改めてそう思った瞬間に、耳の奥から声が聞こえた。

――ぼうや……。

優しい、女の声だった。飯盛女《めしもりおんな》の媚《こ》びた声でも、市場で聞いた威勢の良い娘の声ともまた違う。今まで加当が聞いたことのない、けれども懐《なつ》かしいような声だった。

霧の中で呆然と立ち尽くす加当の体を、不意に現れた白い腕が背後から搔《か》き抱く。振り払おうとするより早く、あの女の声が耳に囁《ささや》く。

『いいこ、いいこね……』

耳に心地よいような、こそばゆい甘い声。加当は、なぜか不思議とその声には逆らえない。こんな声など知らぬはずなのに、懐かしさで胸が一杯になる。

『そんなもの危ないわ』

『そんなもの、すてなさい』

声に従い、手が勝手に動いて、加当は持っていた刀を遠くに投げる。背後から抱きしめる白い手が増え、加当の頭を優しく撫《な》でた。

『よく出来ました』

『ぼうやはいいこね』

『いいこだからねんねしましょうね』

『いいこ、いいこ……』

耳奥に直接響くその声は、耳に残る誰かの声ととても似ていた。

この強烈な眠気さえ、どこか覚えがある気がする。

白い手はどんどん増えて、加当の体を撫でさする。

ふわふわした足下がよりおぼつかないものになったと他人事のように考えるうち、加当は完全に意識をそこから手放した。

優しい女の声だけが、妙に生々しく最後まで残っていた。

崖の下から風が吹いたと思った瞬間、不意に坂下の視界から加当の体が掻き消えた。

水を含んだ風のせいで、急に霧が出てきたようだ。ぼんやりとあたりが白いもやに包まれる。

「おい、加当……！」

　均衡を崩して崖から落ちたのだろうかと、坂下は身を乗り出してのぞき込んだが、しかし崖下もまた濃い霧で覆われている。

「坂……下殿、いかがなされた。よもや加当殿が崖から落ちでもしたのか」

　経を唱えていた宗純が、少し焦《あせ》ったようにやってくる。坂下は短く首を振った。

「山に入った連中が消える事件が起きている。そうあんたにも言っただろう。あいつもその仲間入り、という奴だ」

「なんと……」

　宗純は手にした杖を固く握った。妙に光る目で坂下を見詰める。

「加当殿も……あのような姿にされるのか」

　ここから少し離れた場所に見える、例の喰い散らかされた死体に視線を投げて坂下はまた首を振る。

「それは――」

　返事をしようとしたその時である。女のかすかな声がした。

――……様

二人の男はほぼ同時に目を見開き、そして同時に全く違う名前を呟いた。

「志乃《しの》……」

「おりょう……」

二人の目には、呟かれたその名前の女が一人、霧の中に立っているのがはっきり映る。

その女の口が笑みの形をとった時——絶叫が轟《とどろ》いた。

七

ふと気が付くと、そこは白い闇の中だった。どこかふわふわとした地面に横たえられているようだ。起き上がろうとしても体が言うことを聞かず、今も猶《なお》、加当は微睡《まどろ》みの中にある。それは浅い眠りのようで、目覚めようとしては引き戻されてしまうのだ。

妙に眠くて頭の芯がぼうっとして、とにかく考えることが億劫《おっくう》で仕方がない。

たくさんの女の白い手がまるで寝かしつけるように体中を這っている。ぞわぞわとこそばゆいような、心地よいような、そんな不思議な感覚だった。

女の声はどうやら何かを歌っているようだった。子守唄か何かのようだ。その歌には聞き覚えがあるにも拘《かか》わらず、加当はその歌がなんと言っているのか理解できない。

女の手がぐいと加当の着物を左右にくつろげる。晒《さら》された加当の腹には、引き攣《つ》れたような跡が残っている。この間、口のある蚕蛾に喰われた痕だ。

『かわいそうに』

『さぞや痛かったでしょう』

　全く同じ声が四方から、慰めるように降ってくる。甘やかす、といった方が正しいだろうか。

『もう我慢しなくてもいいのよ』

　そう囁かれ、腹を、胸を、下腹部を白い腕が這い回る。

　白い腕の一つが胸のあたりで動きを止めると、他の腕の動きも止まった。女の腕が少し押すようにすると、それは加当の胸へ入り、手首まで埋まる。皮膚も破れないし、血も出ない。するっと暖簾《のれん》でもくぐるように、体の中へ押し込まれる感覚の後で、白く冷たい女の指が、肋骨《ろっこつ》をなぞる度、みっしりと骨にまとわりつく肉や筋がこそげ取られる。その指は実に丹念に、一本一本、骨についた肉をかじりとる獣のようにじっくりと動くから、まるで山犬に生きながら胸をがつがつ喰われているような感覚だった。いや、かつて加当は山犬にも虫にも、鳥にさえ喰われたことがあったが、この腕はそれよりも質《たち》が悪い。獣どもは生きるために己を喰ったが、この腕はそうではない。明らかに戯《たわむ》れのような、弄《もてあそ》ばれている気さえする。

　体の中からべりべりと、肋骨より何かが引き剝がされる音が響く。痛いなどという生ぬるい感覚ではない。焼かれるように熱いくせに、女の指は相変わらず冷たいせいで、自分の吐く息が火のよう、氷のようだ。

肋《あばら》からすべての肉が離されて、これで終わるかと思った瞬間。更にその手がぐうっと奥まで押し込まれた。

今度は背骨を扱《しご》かれて、肉やら筋やらを剝がされる。それは肋骨の数倍の衝撃で、目の裏に火花が散った。

たまらず絶叫しているつもりが、加当の喉からはひゅうひゅうとか細い呼吸が漏れるばかりだ。

藻掻《もが》いても押さえつけられ、優しく女の声が言う。

『動いてはいけないわ、ぼうや』

すると体から力が抜けて、一切の抵抗が出来なくなった。この声の主を悲しませてはいけないと、なぜだか思ってしまうのだ。

表面上は皮も剝がされない、肉も裂かれていないのに、加当は己がバラバラに解体されていくのを感じていた。こんなのは何か料理の下ごしらえでもされているような案配だ。そのくせ耳に囁かれる声はどこまでも懐かしく、そうして優しく、どうしても逆らえない。

骨から剝がれた肉のせいで、呼吸する度、ぞろり、ぞろりと、体の奥から音がする。

これが肉が転がる音なのか。まるでクラゲにでもされたような気分だった。

『このままいいこにしていれば、ずっと一緒にいてあげる……』

優しい女の声に、加当は激痛にさいなまれながらも、多分、ぼんやり頷いた。

化け物に良いようにされるとき、いつもなら灼《や》けるような怒りが湧いて、そうしてこんな腕など振り払えるはずなのにそれもなかった。どうにもこうにも今の自分は腑抜けているな、と、他人事のようにそう思う。

――怒り、か……。

こんな時なのに、なぜだか加当の脳裏には、初めて小野寺に邂逅《かいこう》した日のことが明瞭に思い出される。

十七年前の真冬のあの日だ。諏訪《すわ》のどこかの広い神社で、加当は諏訪大明神を降ろす憑代《よりしろ》にされ、七日七晩それを務めた。葛《くず》の蔓《つる》で縛られて、裸馬にのせられて打擲《ちようちやく》されて、そうして用事が済んだあとは、まるでごみでも捨てるように谷底に突き落とされた。

即死できたら良かったのに、まだ四つで身が軽かったせいだろう、運悪く加当は生き延びた。全身の骨が折れ、這うことすら出来ないまま、昼間は鳥や獣に肉を喰らわれ、夜には虫に体液を啜られる。死んだ方がよほどましなのに、なぜだか加当は自分から命を絶とうとはどうしても思えなかった。

突き落とされてどれくらいの日時がたったかわからない。ふと気がつくと、目の前にひどく痩せた旅装束の男が立っていて、こちらを見下ろしていた。

その男が小野寺だ。

小野寺は加当が目覚めたのに気がつくと、ゆっくりと手を伸ばした。蛆《うじ》にたかられ、這い回られ、生きながら喰われている加当を抱き上げると、なんともいえない目の色をして言ったのだ。

「邂逅とはこれ縁《えにし》である。お前と私のこの出会いも、また縁のひとつであろう」

小野寺の着物は上等なのに、腐りかけの体を厭《いと》わずに抱えてくれた。びっくりするほど痩せているのに、その腕は確かに力強くて、なぜだかそのことに奇妙に感動したのを、加当は今でもはっきり覚えている。

小野寺は加当の耳に口を寄せるようにして訊いたのだ。

「だから聞こう。生きたいか、死にたいか。お前はどちらを選ぶのだ？」

と。

加当が選んだのは、生きる方だった。死ぬことが怖いというより、このまま死ぬのが業腹《ごうはら》だった。

かすれた声で「生きたい」と告げると、その時小野寺は、微《かす》かに口元を綻ばせ、満足そうに笑ったのだ。

「そうか。わかった。お前は生きろ。生きていても良いぞ」

と。あの日から加当は、小野寺のためなら何でもしようと誓っている。小野寺は加当が生きる事を許してくれた、唯一の人間だからだ。

なぜ、こんな時に小野寺のことを思い出すのだろう。ここで自分は死ぬからだろうか……。ぼうっとそう思っていた時、加当はちかっと閃《ひらめ》いた。

死という言葉からの連想で、この女の声が誰のものかを、唐突に思い出す。

――これ、この声は、あの女……！

この優しく懐かしいような、この声の正体が唐突に蘇る。

ひとときでもこの声を懐かしい、優しいと思わされたことに、腹の底が煮えたぎる。

爆発的な怒りによって、今まで加当の体を縛っていた何かがいっぺんに吹き飛んだ。

女の声がどよめいた。何かを囁こうとするが、『声』が誰の真似《まね》なのか気付いた加当には効果はなかった。息をするだけでも体の中身が痛んだが、怒りにまかせて声を振り絞る。

「野辺に住む獣《けだもの》我に縁なくば憂《う》かりし闇になほ迷はまし」

神道集に収めてある、諏訪明神の歌である。己が殺すことで、解脱《げだつ》に遠い獣どもですら救われると言い切る、あの傲岸な神の言葉だ。

それを唱えると同時に、一気に身体の呪縛が解ける。肉を骨から剥がされたせいで動く事に難渋するが、しかし、まとわりついてくる幾本もの白い手を振り払うくらいはいけた。

なぜ、この声に逆らえなかったのか。

なぜ、唐突に小野寺と出会ったときのことを思い出したのか。

すべて腑に落ちた今、加当を縛るものは何もない。

「あの女を真似しておいて、楽に死ねると思うなよ」

あの女……。加当を十両で売った女のことだ。

殺すために、あの神官《しんかん》に売った女のことだ。

新しい情人と結ばれるために、我が子を捨てた女のことだ。

『最後の最後に金になった。さっさと殺さなくて本当に良かったよォ』と、別れの時に言い放った女のことだ。

「せめてもの情けだ。成仏《じょうぶつ》くらいはさせてやる」

凶悪なまでの声はしかし、どこか哀切な気配が濃かった。さっきまで明瞭に囁いていた女の声はいつの間にかざわざわとした耳障《みみざわ》りな声に変わっている。

加当が白い闇の奥へ飛びかかり、やがて白い霧が晴れるまで、そう長くはかからなかった。

八

女の絶叫が山の中に木霊《こだま》する。

坂下と宗純は、二人同時に、お互いが見ていた女を斬り捨てていた。坂下は腰の刀で、宗純は手にした杖の、仕込み刀で。

『源治《げんじ》郎《ろう》さま、どうして……』

志乃と呼ばれた女が額を割って、震える声で手を伸ばす。

『浅《あさ》右《え》衛門《もん》、またしても……！』

おりょう、と呼ばれた女が憤怒《ふんぬ》の顔で、宗純をにらみつける。

しかし、その問いの答えを聞く事は、少なくとも志乃と呼ばれた女には永久になかったことだろう。坂下が女の眉間に刀を突き刺し、一気にそれを押し入れたからだ。そのまま白い闇の中心へ、自分の体ごと女を押し込む。宗純の目には、坂下の体が白い闇の中へ消えたように見えただろう。

「その声で、その顔で、俺の名前を呼ぶな」

寒気のするような声で低く告げ、坂下は片手で女の襟首を摑《つか》む。女を引き寄せ、一気にその喉笛に喰らい付いた。

血は出ない。代わりに真っ白な闇が傷口から噴き出すが、坂下がひるむことは一切なかった。そのままばりばり音を立て、たちまちのうちに喰い尽くす。

坂下が女をすべて喰い終わった途端に、あたりの霧がぱぁっと晴れた。

気がつくと、宗純が見ていたはずの女はどこにもいない。そうして少し離れた場所に、着物の前をはだけた加当が、千切れた白い女の手首を摑んで立っていた。その手首は陽光に当たった途端、雪のように溶けていく。

「……加当殿、無事であったか」

加当に気付いたのは、宗純の方が先だった。その声に、同時に坂下と加当が我に返ったように目を瞬かせる。

「……ああ、なんとか。あんたは大丈夫なのか、坊さん」

肺の奥から絞り出すような声で返事をする加当だが、途端に口の端からごぷっと大量の血泡《ちあわ》がこぼれる。

「ちっとも大丈夫じゃねぇじゃねぇか」

なぜか顔半分を白い液体で染めた坂下が、呆れたような声を出す。ほんの少し前に、あれほど凄惨な顔で女を喰い殺した男だとは思えぬほどに、いつもと寸分変わらぬ声だ。

「今のは一体……」

仕込み刀に拭いをかけつつ、宗純が訝しげに訊く。坂下が薄く笑ってあっさり答えた。

「……多分アレが原因だろう」

坂下が顎で示す方角には、落雷にでもあったのか、二つに割れた石碑があった。かなり古いものらしく、彫られた文字もかなり見にくい。

「……五十五人淵《ぶち》？」

ようやく拾えた文字を声に出す宗純に、坂下が薄い笑みを絶やさずに言う。

「甲州征伐の折の話だ。武田家の隠し金山であるここ、黒川金山も閉ざすことになったのだがな、金山の秘密が漏れることを危惧した金山奉行が、鉱夫の相手にあてがわれた五十五人の遊女と金山に従事した配下の侍を皆殺しにしたという言い伝えがあるんだよ。遊女の死体は川に投げ捨て、侍の死体は丁重に葬《ほうむ》ったとかいろいろいわれはあるんだが、そういう事があった場所だ」

「……その遊女の霊と申すか」

宗純の問いに、坂下はゆっくり首を振る。

「さぁな。だが、この場合はそう考えるのが妥当じゃないのか。人肌が恋しかったか、それとも仲間がほしかったのか、それは俺にはわからんし、関係のないことだ」

宗純と坂下の会話を聞いて、加当がぽつりと呟いた。

「多分それは、遊女ではない、と思う」

「ん？」

「もっと悪辣なものだ。だって俺は、かつて人だったものを相手にしているような気はしなかった。心の底に沈めておいた、二度と目の当たりにしたくなかった澱《おり》のようなものだ。あいつらはそれに化けてきた」

加当の声は昏《くら》かった。その声に、坂下は何かを察したらしい。

「なるほどなぁ。俺も、あの女を喰っ……斬ったとき、人みたいな手応えは何もなかった。確かにお前の言うとおり、五十五人の遊女の怨霊《おんりょう》と言うよりはもっと別の何かかもしれないな。多分、遊女が殺されたことがきっかけで、何か魔性の者が女の姿をとるようになったのだろうさ。勝手に心を覗《のぞ》かれて、その姿に化けられたのかもしれんなぁ」

「……あんたらも何か女を見たのか」

加当の問いに、坂下は小さく笑う。宗純は軽く目を逸《そ》らすが、それが答えのようなものだろう。特に坂下のその笑みは明らかに拒絶の笑みで、加当は黙るしかない。

加当がこれ以上詮索してこないことを悟ったか、坂下が幾分かせいせいしたような顔で言った。

「まぁ、このあたりは富士の霊気のせいで、たまにおかしな事が起こる。もしかしたら、滝に宿った何かの魔性がそれぞれの心の中に残る『女の面影』につけ込もうとしたのかもしれないな」

女の面影、という言葉に、加当は内心、はっ、とした。加当はあの女――母の顔を覚えていない。覚えているのは、ぶたれるときの白い腕と声だけだ。あんまり昔のことで忘れたか、それとも覚えていたくなかったか。

　加当の心を覗いた《何か》も、さぞや困惑しただろう。顔のない女しか、加当の中にはなかったのだから。

　ぼんやりする加当を尻目に、まとめるように坂下が言った。

「ま、いずれにせよ、これで怪異の大本は退治できたろう。多分これで行方不明になる村人はおるまいよ。よそ者のことは知らぬがな」

　あまり喰いでがなかったな、と小さく呟く坂下に、加当はなんとなく力が抜ける。そのせいでまた血泡が胸からせり上がり、たまらず加当は血を吐いた。

　骨に響いて目眩《めまい》がする。坂下が呆れたような声で言う。

「おいおい、外はともかく、中身はだいぶんやられたな。歩けるか？」

　その言葉に、加当はなんとか頷いた。大丈夫ではなかったが、大丈夫だと言わねばならない気がしたからだ。坂下はしばらく頭を掻いていたが、そのまま宗純の横を通り、げほげほと血泡を吐いている加当の隣にしゃがみ込む。宗純に聞こえぬ位の小さな声で囁いた。

「俺が喰ったのは多分切れ端程度だろう。本体はお前がやったということだ。今回はお前の手柄だ、良かったたな」

「良いわけが、あるか」

「そうか？　小野寺に褒めてもらえるぞ」

良かったな、と、からかうような声で言う坂下をにらみつける加当だったが、顔色が、不意に変わった。

それと同時に坂下の首筋に、ピタリと仕込み刀の刃が当たる。ほんのわずかに刃が皮に食い込んで、坂下の首にうっすらと血がにじむ。

坂下は視線だけで刀を見ると、振り向きもせず言った。

「おい、坊主。山廻役人に刀を向けるとはいい根性だな。斬り捨てられても文句は言えんぞ」

「文句が言えぬのはそちらではないのかな、坂下殿」

宗純の声には、血迷った気配はどこにもない。冷徹に、穏やかな声で続けた。

「坂下勇悟……いや、坂上源治郎という男は、もはやこの世におらぬはずだ。十年前、それがしがこの手で斬首したのだからな」

その言葉に加当は目を見開いたが、当の坂下は愉快そうに口を歪めた。

「やはりな。見覚えがある気がしていたが、あんた、あのときの首切り役人か」

「首切り役人……？」

確かに宗純は僧侶には見えなかったが、首切り役人とはどういうことか。

意外な言葉の応酬に、蚊帳《かや》の外の加当は呆然とするばかりだ。

「まさか二度もお前の首を刎《は》ねる事になろうとは」

宗純の声は、やはり僧侶のものとは思えない凄《すご》みがあった。そのまま素早く刀を振りかぶる。首から刃は離れたが、後ろを向いたままの坂下に、振り落とされる一撃が避けられる訳はない。

きらりと刃が冬の光にきらめいた次の瞬間――

鋭く一羽の鳥が鳴き、それと同時に大量の鮮血がバシャバシャと道の上に大きくこぼれた。

第四話

友喰い

TOMOGUI

一

天保十二年、弥生。四谷、西応寺《さいおうじ》。

その日、坂上《さかがみ》源治郎《げんじろう》は同じ道場の朋輩《ほうばい》、堀田《ほった》助右衛門《すけえもん》の葬儀に出ていた。棺桶《かんおけ》の前では、坊主が経を読み、堀田に引導を渡している。この読経《どきょう》が終わったら、すぐに墓場に埋めるとあって、参列者の中には最後の別れを惜しむようにすすり泣く者も居た。

湿っぽい空気を震わせて、境内奥の鐘楼からは九ッ半の鐘が鳴る。先月までの寒さも幾分緩み、そろそろ梅の花も綻ぶような頃合いだ。

読経が終わると同時に、堀田の母がその場へと泣き崩れる。未《いま》だに息子の死が受け入れがたいようだった。

無理もない、と坂上は思う。若く健康な息子が、自分よりも早く逝《ゆ》くとは考えまい。死因も死因だから、余計に納得しがたいのであろう。

堀田の死因は溺死だった。二日ほど道場に来ないと思ったら、鐘《かね》ヶ淵《ふち》あたりに死体が浮いた。普通は身投げを疑うような場所であるが、堀田は先月、道場主から免許を授けられ、師範代になったばかりだ。自死する理由が何もない。

暴漢に襲われたとしても、返り討ちにするだけの力もあったし、現場に争った形跡も無いことから、酔って足を滑らせ、隅田川へ落ちたのだろうということで落ち着いた。

――これからって時に、何も溺れ死ぬことはあるまいに。

辺りに満ちる追悼の声やら嘆きの声を聞きながら、坂上は故人に対して静かに愚痴る。愚痴の一つも言わねば、とてもやってはいられなかった。

坂上は二十歳の頃に秋田藩を脱藩して江戸へ来た。天保の飢饉《ききん》のせいで壊滅状態となった藩を見限り、別の仕官の口を探すためである。

しかし江戸は、浪人に限らず、とにかく人が有り余った場所だった。多少算盤《そろばん》や剣術が出来たとて、何か伝《つて》でも無い限り簡単に仕官は叶わない。弱冠二十歳の浪人に、そんな伝などあるわけもなく、坂上はあっさり仕官を諦めた。

幸い、えり好みさえしなければ、江戸では喰うに困らない。

坂上の性に合ったのは、用心棒の仕事である。

ここ数年、江戸は治安が悪かった。数年前の飢饉の影響で喰えなくなった連中が、坂上と同じく江戸を目指しては、夢破れて身を持ち崩し、強盗に成り下がる事がしばしばあった。

そのため、金のある商家では、用心棒を雇う事が多くなり、ある程度の腕とハッタリさえきかせられれば、喰うに困らない程度には稼げる。

用心棒という職が坂上に合ったのは、特に何もしていないのに、さも周囲を警戒して見張っているような気配を出すのが上手《うま》いからだ。いざ事が起こっても、口八丁手八丁で丸く収める手腕に長《た》ける。つまりは要領がいいのである。

とはいえ、万が一刃傷沙汰《にんじょうざた》にでもなった時に、不覚を取る訳にもいかない。用心棒として最低限の面子《めんつ》だけは保てるよう、道場通いを決意したのも当然の成り行きだろう。

修業先に無《む》外《がい》流の道場を選んだのは、単に家から近いからだ。そういう怠惰な理由だったが、行ってみると道場は楽しかった。自分と同じくらいの年頃の連中と切磋《せっさ》琢磨《たくま》するというのは初めてだったし、先輩として指導に当たってくれた男が実に親切だったからである。

その先輩こそ、三つばかり年上の、堀田助右衛門だった。

堀田の剣はその性格と同じく、愚直なまでにまっすぐで基本に忠実だったが、にもかかわらず癖の強い坂上の剣を無理に直そうとはしなかった。それを活かした型をいくつか考えてくれたり、何年も苦労して摑《つか》んだであろう剣の極意もあっさり教える。

神社の狛犬《こまいぬ》のようにいかつい顔つきだったが、気は優しくて力持ちを地で行く男で、剣の腕前も見事としか言いようがなかった。面相のせいで女にはもてなかったが、道場の人間には一様に好かれていた、そんな男だ。

気がつけば坂上もその人の良さに絆《ほだ》されて、あっという間に莫逆《ばくぎゃく》の友になってしまった。

夜に飛ぶ蛾《が》が明かりを求めるように、自分とは真逆の部分に人は惹かれる、ということだろうか。

だからこそ、堀田の死は、坂上にかなりの喪失感をもたらしていた。さすがに泣きはしなかったが、胸の奥にぽっかりと大穴があいたようでうそ寒い。

――俺があいつを偲《しの》んで泣くのは、この穴が広がりきった頃かもしれんな。

坂上が感傷に浸っている間にも、葬式はどんどん進む。読経も終わり、引導を渡された堀田が入った棺桶を埋める頃合いが来たようだ。

親族でもない者が立ち会えるのはここまでだった。道場の仲間と共に、墓地へと向かう親族達を見送っていたその時――。

坂上は、まばらになった参列者の中に、見覚えのある女が居る事に気がついた。

年の頃は二十五、六か。まるで御新造といった身なりをしているが、滴《したた》るような色気のせいで、商売女だとすぐわかる。見覚えがあるのだが、どこで見たのか思い出せない。

なぜだか妙に引っかかり、気付かれぬように彼女の様子をうかがっていると、春めいて湿った風がすいと吹く。記憶を探る坂上へ、女の匂いがふわりと届いた。

熟れた果実のように甘い香りだ。

それを嗅いだ瞬間に、坂上はその女が何者だったかを思い出す。

一月ほど前に、音羽《おとわ》の料亭で会った、あの女だ。


如月《きさらぎ》の半ばの頃。

堀田が師より免許を受け取った翌日、坂上は音羽にある住吉屋《すみよしや》という料亭の二階に来ていた。堀田が免許を取った祝いの為《ため》だ。

ここに居るのは全部で四人。老境にさしかかった道場主が、次の後継者を決めるべく行った選抜試合で、最後まで残った、ある意味では因縁が深い面子である。

主役は勿論《もちろん》、堀田助右衛門だ。そして最後まで堀田と師範代の座を争っていた真田求《さなだきゅう》馬《ま》、なんとはなしに運が良く、そこそこの腕しかないのに残ってしまった坂上と斉藤粂《さいとうくめ》太郎《たろう》の四人が集った。

住吉屋はなかなか居心地の良い店だった。

坂上は飯の味には頓着しないが、酒だけは美味《うま》いものを飲みたい質《たち》だ。住吉屋には専属の酒蔵があり、そこで作る稀少《きしょう》な酒をふんだんに出す事でも有名な店である。

この宴を仕切っているのは真田だが、名家の出だけあって金には不自由がないそうだ。

今回も、一人銀十匁《もんめ》はするであろう会席料理をすべて奢《おご》るという大盤振る舞いをしていた。人が良い堀田などは、自分の祝いにそこまでしてくれる事に酷《ひど》く恐縮していたが、坂上は端《はな》っから遠慮はしない。

真田の下心が見え見えだからだ。

堀田の家もそこそこに大きいが、彼自身が次男坊の冷や飯食いで、自由になる金がそこまでは多くない。今回の免許の金も、親に出して貰《もら》っている身の上なので、割と肩身が狭いのだという。だから真田は、剣の腕で敵《かな》わぬ代わりに、金の力で堀田の優位に立とうとしているに違いなかった。

案の定、真田が、ニタニタしながら堀田に囁《ささや》く。

「今日は祝いだ、俺が奢るから遠慮無く飲め、飲め。ちゃんと女の用意もしてあるからな」

「お、女だと……？」

堀田が『女』の文字を聞いて少し目を泳がせる。明らかに緊張していた。

音羽は江戸でも有数の盛り場だ。特に六丁目から九丁目にかけては、大通りの道の両側に水茶屋と料理屋が軒を連ねていて、その賑《にぎ》やかさといったらない。この通りからひとつ奥に入った路地や裏通りには、局見世《つぼねみせ》や子供屋が並んでいる。

子供屋というのは女郎を扱う店の事だ。深川に倣《なら》い、女郎のことを『子供』と呼んでいたことからその名が付いた。

ここまで近いと、住吉屋でも、座敷へ芸者や女郎を呼べるらしい。

「いや、俺は剣客だ。女など……」

額に薄く汗を浮かべ、堀田は下手な言い訳をする。剣術一辺倒の男にはよくある事だが、堀田は女性《にょしょう》が少しばかり苦手なのだ。女性だけではなく、こぎれいな顔をした稚児《ちご》や若衆《わかしゅ》も苦手だから、これはもう性分だろう。見かねて、坂上がさりげなく口を開いた。

「ここは揚屋でもなんでもない、ただの料亭だぞ？　それに、俺達もいるのだから、妙なことにはならんだろう。なぁ、お二方」

言いながら、真田と斉藤に順繰りに笑ってみせる。これは、真田達に同調する様に見せかけた牽制《けんせい》だ。

暗黙のうちに『妙なことはするなよ』という圧力をかけたのだが、効果は覿面《てきめん》で、真田も斉藤も堀田を茶化すようなことはしなくなる。

「まったくお前達は仲が良いな。仲が良いと言うよりは、坂上が過保護なだけかもしれんが」

「過保護とは何だ。俺の方が坂上より三つも上だぞ」

斉藤の冗談に、堀田が笑いながら返す。すると今度は、真田が酒を飲みながら絡《から》んできた。

「堀田は剣術の腕こそ確かだが、それ以外は頼りないからなぁ。坂上は剣の腕こそ人並みだが、それ以外の知恵が回る。外見だって、痘痕面《あばたづら》の大男と、細身の色男だ。まったくこんなにも正反対の癖して仲が良いから世の中はわからんもんだ」

真田の言葉には大いに険が含まれていたが、その挑発にも二人は乗らない。

「友になるのに理由は要らぬ」

即答する堀田の言葉の後、少し考え、坂上も同調する。

「——まぁ結局は、馬が合ったからとしか言いようがないな」

「相変わらず仲が良いことだ」

からかったのにもかかわらず、真顔で返された真田が些《いささ》か鼻白む。どことなく座敷の空気が悪くなりかけたその時だ。

部屋の外側から声がかかった。

「お客様、お呼びになった紀野屋《きのや》の者が参りました」

「おお、来たか。入ってくれ」

真田の声に、障子が開いた。そこに居たのは、茶碗《ちゃわん》物を持った女中と、もう一人、目が覚めるほどに美しい女だった。年の頃は二十五、六と言ったところか。少しばかり薹《とう》が立っているのだが、それでも十分水気もあったし色気もある。

眉が残っているのにお歯黒をしているところから、芸者ではなく、女郎だとすぐにわかった。

茶碗物を並べ終えた女中と入れ違いに、その女が室内に入ってくる。近づくとよくわかるが、透き通るように白い肌はおしろいを塗りたくったモノではなく、自前のようだ。大きく開いた首筋に、青い血管が僅かに透ける。男なら思わずむしゃぶりつきたくなる妖しさだ。

「おお、美しい……。こんなむさ苦しいところによくぞ来てくれた。ささ、こちらへ……」

　その色香に迷ったか、斉藤が露骨に鼻の下を伸ばしながら女郎に手を伸ばす。しかし、真田にそれを止められた。

「待て、斉藤。今日はあくまでも堀田の免許皆伝の祝いだ。だから、堀田の隣で酌をさせるが良いだろう」

「おい、ちょっと待て、俺はそんな……」

　しかし、皆まで言わせずに、真田は強引なまでに女の手を引き、堀田の隣に座らせた。女の方はそんなことには慣れっこなのか、特に気にした風もなく酌を始める。

が、堀田の方はそうも行かない。見る間に顔を真っ赤にし、酌をされた杯が微《かす》かに震えているようだ。そんな堀田を見ても、女郎は馬鹿にした風もなく、細やかに相手をつとめる。

　女郎の様子に堀田も落ち着きを取り戻し、いつしか手の震えもとまっていた。

　坂上は、事前に真田が何か女に言い含め、堀田に恥でもかかせる気かと用心していたのだが、そんなことはなかったようだ。

――さすがに祝いの席なのだ。いかな真田とて、そこまで露骨なことは出来ないのかもしれんな。

そんなことを考えながら飲む坂上の前に、ふと、どこからか奇妙に良い香りが漂ってきた。

熟れた果物のような、そんな甘い香りである。芳醇《ほうじゅん》な酒の匂いにもよく似ていた。締めの菓子でも持ってきたかと廊下の方に視線をやるが、そこに人の気配はない。

はて……と、内心で首を傾《かし》げたその時だ。また、あの香りが鼻孔に届く。今度こそ、その匂いを捕まえた坂上は、それが香る場所に何気なく視線をやる。

香りの源は、あの女郎のようだった。

堀田との会話が弾んでいるようで、時折小さく笑うのだが、その時にあの香りが強くする。堀田はと見れば、柔らかく笑う女と対照的に、至極真面目な表情だ。

昔からの知り合いに見えるくらい、二人は妙に仲睦まじい。

そうして宴がお開きになった後、堀田と女郎は二人して、夜の町に消えていった。

翌日、堀田は実に清々しい顔をして道場に現れたのを覚えている。昨晩何があったかなど、一目瞭然だった――。

――そうか、あの時の女郎か……。

女の正体を思い出した坂上は、あの時の睦まじさは演技では無かったのかと、少しだけ驚いた。わざわざ葬式にまで出るほどなのだ、堀田のことを憎からず思っていたのかもしれない。

ぼんやりと女を眺めていると、すぐ後ろで声がした。

「明花《あけはな》！　来ていたのか」

何気なく視線を投げると、真田が女に向かって小走りに駆けていくのが見える。

明花という名前は、女郎によくある名前である。島原の遊郭に多いと聞くが、おそらくはその真似《まね》だろう。

――この女は明花というのか。

真田は明花のそばまで駆け寄ると、何かひとこと、ふたこと言葉を交わす。頷《うなず》いた明花と坂上の目が合ったのは偶然だった。

明花の目が一瞬だけ大きくなり、そうしてこちらへ頭を下げる。坂上も無言で頭を下げた。

真田もこちらを振り向いたが、坂上が軽く会釈《えしゃく》をすると、ばつが悪そうに頷くだけだ。堀田の葬儀の後に、この男と長話にでもなるのはなんとなく嫌だった。

踵《きびす》を返して寺の境内から出ようとした坂上は、背中に明花の視線を感じる。先刻目が合ったとき、明花の目がなんとなく濡《ぬ》れたように見えた事を思い出したが、光の加減かもしれなかった。

二

堀田の葬式から五日後。

その日は朝から寒い雨がそぼ降り、坂上は着流しのまま、股火《またひ》鉢《ばち》でぼんやりと過ごしていた。

あれから道場へは一度も行っていない。元から剣術に熱心な方ではなかったが、近頃はますますやる気が失《う》せていた。

噂《うわさ》では、結局真田が師範代となり、道場の後継者に収まったらしい。人格は兎《と》も角《かく》、腕は確かなのだから、それも当然のことなのだろう。

そのことも相まって、やはり色々やる気が出ない。

日が経《た》つにつれ、坂上は堀田の死に不審を覚えるようになっていた。

堀田は酒をたしなむが、泥酔《でいすい》するほど飲むような男ではない。それに、たとえ酒に酔っていたからとはいえ、夜の夜中に淵のほとりなんぞに行くものだろうか。

そもそも、鐘ヶ淵は曰《いわ》くのある場所である。なんでも、鎌倉時代の雄、千葉《ちば》常胤《つねたね》が娘の夕顔姫の菩提《ぼだい》のために建立《こんりゅう》した瑞応寺《ずいおうじ》の鐘が沈んでいるらしい。天文二十一年に千葉氏が北条氏に降《くだ》った際、その鐘を戦利品として領地に持って帰る途中、船に載せていたその鐘から、突如若い女のすすり泣きが聞こえ、嵐が起こった。二進《にっち》も三進《さっち》も行かなくなった北条氏は、やむなくその場に鐘を沈めたのだという。それが鐘ヶ淵の名の由来であるらしい。

その話に興味を持った八代将軍吉宗が鐘を引き上げようとしたが、大蛇だか龍神《りゅうじん》だかの、妖《あやか》しのものに阻《はば》まれて断念したという後日譚《たん》まであるほどだ。

そんな場所で溺れ死ぬ、という一点だけでも、何か出来すぎているような気がする。考えに没頭する坂上を引き戻したのは、控えめに叩《たた》かれた板戸とその後の、

「もし……坂上様のご自宅でございますか？」

という、澄んだ女の声だった。

聞き覚えのない声である。

なんとはなしに、無視できないような切実さがある声だ。

坂上は思考を中断して立ち上がると、土間へ下りて板戸を開けた。思った以上に外は寒く、冷たい風が玄関へと吹き込んでくる。

「お主は……」

そこに居たのは、意外な人物だ。線が細い、痩せた女。

眉を綺麗《きれい》に剃《そ》り落とし、御新造といった身なりだが、それは間違いなく、五日前に堀田の葬式で見た明花とかいう女郎だった。あの時とは異なり、幾分やつれたような気配が濃い。目の下にはうっすら隈《くま》が出ているほどだ。

女が軽く頭を下げた。ふわりとあの良い匂いが鼻をくすぐる。なんとはなしに胃の辺りを刺激する香りだ。

――これは一体、何の匂いだ？

なぜだか無性に気になった。その匂いの正体を探るべく沈黙した坂上をなんと取ったのか、女は静かに言葉を続ける。

「ご無沙汰しております、坂上様」

「……何故、俺の名と住まいを知っている？　俺はお主に名乗った覚えは勿論、家を教えた覚えも無いが」

言いながら、坂上は僅かに目を細めた。何やら背筋に不穏な気配を感じたからだ。この女と話すのは危ないと、心の何処かが言っている。

一方、女は特に慌《あわ》てる様子も無く、静かな声で話を続けた。

「堀田様よりお話を伺っておりました。お住まいや、お名前も」

「堀田が？」

「はい……。堀田様が、坂上様は無二の御親友だと……。何か困ったことがあれば坂上様を頼れと、以前より堀田様がおっしゃっておられました」

女の口から出た堀田の名に、あの狛犬のような顔を思い出す。そのせいで、坂上は思わず女に声をかけてしまった。

「なるほど……。こんなところで立ち話もなんだろう。まぁ、入れ」

「ありがとうございます」

女の仕草は優雅だった。子供屋で仕込まれたものだろうが、一挙手一投足にそこはかとない色気が滲《にじ》む。坂上はとりあえず女に火鉢を勧めて茶を出した。

女は黙って茶を飲んだ。地味な色だが、仕立ての良い菖蒲《あやめ》柄の着物を着ている。暗い色の着物は余計に女の肌の白さを際立《きわだ》たせる。湯飲みを持つ手にもまた、青白い血管が透けて見え、儚《はかな》げな印象があった。

沈黙し、自分を凝視する坂上に何かを感じたのか、女が静かに湯飲みを置いた。居住まいを正すと、静かに頭を下げて言う。

「申し遅れました。私は志乃《しの》と申します。紀野屋にいる頃は、明花と名乗っておりました」

しかし、気になるのはその後だ。坂上は思わず志乃に訊《き》き返す。

「名乗っていた？」

「……はい。十日ほど前に身請けされましたので」

女郎とばかり思っていたが、眉を剃っている理由もそれで解った。身請けされたということは、誰かに嫁いだということだろう。それで、漸《ようや》く眉を剃れて、町人らしい姿に戻れたというわけだ。

「それは良かった。めでたいことだ」

特に興味を持たず、坂上は流すようにそう応じた。

女郎の年季は大概が二十八で明ける。それより早く岡場所から解き放たれたのは、やはりめでたいことだろう。

身請けの話を深く考えはしなかったが、次に発せられた志乃の言葉に坂上は目を剝《む》いた。志乃は僅かにうつむき、睫《まつげ》を震わせ小さく囁く。

「私を身請けしてくださったのは……堀田助右衛門様でございます」

「堀田が……？　では、志乃殿は、堀田の内儀《ないぎ》……だったのか」

数日でも堀田が妻とした可能性を考えて、思わず『志乃殿』と呼びかけてしまった。だとすれば、あの日、葬儀に出ていたことも得心がいく。

しかし、志乃は静かに首を振った。

「いえ。堀田様は、私を身請けしてくださいましたが……その……」

随分歯切れが悪いようだ。その事に坂上は何か悪い予感を覚えるが、その先を聞かないことには埒《らち》があかない。

「身請けした後、堀田はどうしたのだ？」

訊き返してやっても、志乃はしばらく逡巡《しゅんじゅん》したままだった。やがて、意を決したように小さく肯《うなず》き、真っ直ぐな眼で坂上を見た。

「身請けされて数日、私は堀田様がご用意くださったお家に住まわせていただきました。堀田様は最初、ご両親に事情を告げて、私と祝言を挙げるとおっしゃっておられたのですが、しかし……」

皆まで聞かずとも察しが付いた。

「……なるほど。堀田は家族に強く反対されたという訳か」

続きが話しやすくなるように、坂上はあえて先回りをして言ってやる。果たして志乃は、大きく頷き言葉を続けた。

「左様でございます。ご家族が、特にお母様とお兄様が強く反対され、もしこのまま私と祝言を挙げるのなら、堀田家から勘当するとまでおっしゃったそうです」

「勘当か……。それで堀田は、志乃殿を娶《めと》ることを躊躇《ためら》った、というのだな？」

よくある話だったが、なんとなく違和感があった。

それが言葉にも出ていたのか、志乃は静かに目を伏せた。

「堀田様は……私に『共に死のう』とおっしゃったのです。この世では、決して我らは結ばれぬ。だから、生まれ変わって来世で夫婦になろう、と……」

今度こそ、さすがに嘘《うそ》だ、と喚《わめ》きたくなった。そんなことを堀田が言うわけがない。そもそも堀田は冷や飯食いの次男坊という立場を嫌っていたのだ。今更勘当など屁《へ》でもあるまい。家を追い出されたところで、道場の師範代という職もある。数年後には、引退した師匠の後を継ぎ、あの道場の主となっている筈《はず》なのだ。その程度で惚《ほ》れた女を娶ることを諦めるはずがない。

しかし、喉から罵声が出る寸前、はた、とあることに気がついた。

堀田が溺死した現場には、争った形跡は何処にもないと聞いている。つまりそれは、納得ずくで淵に入ったということではないのだろうか。

ある可能性が坂上の頭をよぎる。

「堀田は、心中に溺死を選んだのだな？」

「左様でございます。ここまで体格差があれば、刃物での相対死《あいたいじに》は難しい。だから、傷の付かない溺死にしようと、そうおっしゃってくださいました」

返ってきた答えは、坂上の予想通りのものだった。だから、確信してしまう。何もかもが腑《ふ》に落ちた。

——そういうことか。だから堀田は……。

坂上の沈黙をどう捉えたものか、志乃は更に言葉を続ける。

「正直言って、私は死にたくはございませんでした。ようやっと籠の鳥から自由になれたのに、こんなに早く死ぬなんて真っ平です。ですから、川に飛び込む寸前に堀田様に訴えました。祝言など挙げなくとも良い。どうせ死ぬ覚悟があるのなら、身分など捨て、どこか遠くへ駆け落ちしよう、と。しかし、堀田様は私の訴えを聞いてはくれませんでした。今すぐ死のうの一点張りで……。そうして私は、無理矢理に手を引かれ、二人で隅田川に飛び込んだのです」

　坂上には、まるでその時の様子が目に浮かぶようだった。

「堀田様よりも、だいぶ軀《からだ》が軽かったおかげでしょう、私は直ぐに川面に浮かび上がり、そのまま岸にたどり着きました。しかし、堀田様は余程の覚悟があったのか、二度と浮かび上がることも無く、そのまま流されていってしまったのです。私はちょうど通りかかったお役人様に救われましたが、さすがに心中だと告げることも出来ず、暗がりで足を滑らせ川に落ちたと稚拙な嘘をつきました。そうして私は無罪放免となったのですが……」

　おそらくはそのお役人様も、嘘を信じたというよりは見逃してくださったのでしょう。そう小さく呟《つぶや》くと、志乃は辛そうに目を伏せた。

　本来ならここで優しい言葉の一つや二つかけるべきだと思うのだが、何故だか今の坂上には、どうしてもそれが出来なかった。代わりにできるだけ角が立たぬよう、低い声で静かに訊《たず》ねる。

「……事情はまぁ、理解できた。しかし志乃殿。そなたは何故、俺を訪ねてこられたのだ？　堀田の死の真相を伝えに来ただけとは到底思えぬ」

「堀田様から……、あれから、私をお助けくださいまし、坂上様……！」

そう言うや否《いな》や、怯《おび》えたように志乃が坂上に抱きついた。軀の震えと同時に、彼女から香るあの匂いが強まり、鼻孔から脳天へと突き抜ける。その匂いは妙に蠱《こ》惑《わく》的で、坂上は耐えがたい衝動を下半身に強く感じた。

その衝動に耐えるべく、思わず動きを止めてしまった坂上の口を、女の口がぬるりと塞いだ。あの香りが肺まで達する。

拙《まず》い、と頭では思ったが、すでに軀は止められなかった。気がつくと坂上は、畳の上に志乃を押し倒していた。着物の裾が乱れ、白い脛《すね》が目にまぶしい。

艶然と嗤《わら》う女の腕が、ゆっくりと坂上の服を開《はだ》けた。それだけで腹の辺りが妙に蠢《うごめ》き、酷く喉が渇いてしまう。

再び志乃の顔が近づき、坂上は口を柔らかく吸われる。あの、熟した果実のような香りが肺一杯に満たされた。ぬるりとした舌が口の中に差し入れられたとき、目の前で何かが砕け、まばゆく散った。

火鉢の炭が弾《はじ》ける音と雨の音にもう一つ、衣擦《きぬず》れの音が加わる。絡む様な息遣いがそこへ混じり、そうして縒《よ》るような声が響き出す。

そこからは、随分時が遅かった。

三

弥生といえどもやはりまだまだ寒さは厳しい。このままでは風邪を引くな、とぼんやり思った。

部屋の隅で女が髪を整えているのが目の端に見える。一体自分がこの女に何をされたのか——否、したのか、皆目見当もつかない。ただ、口の中にはあの奇妙な香りがいつまでも残り、息をする度、何処か陶然とした気分になる。

坂上とて女を知らないわけでは無かったが、志乃の軀は格別だった。女体に溺れるというのはこういうことかと、どこか他人事のように考える。

とにかく全身が怠《だる》かった。精の一滴まで搾り尽くされたような感覚だ。しかし、いつまでもこうしているわけにも行かないだろう。坂上は、動きの鈍い軀を叱咤《しった》し、なんとか上半身だけ身を起こす。

脱ぎ散らかした着物を引っかけ、そのまま掠《かす》れた声で訊いた。

「……改めて訊こう。先刻の話は誠か、志乃」

いつの間にか、呼び捨てになっていた。しかし、志乃は気にした様子もなく、小さく頷く。

「誠でございます、坂上様。堀田様が亡《な》くなったあの日から……夜な夜な私の元を訪れるものがあるのです」

きっぱりとしたその言葉に、坂上は、情交の最中に志乃が語った事を思い出す。

——最初にそれに気付いたのは、あの方が亡くなって、二日目の夜のことでございました。

——こんな時分に川に入れば、それは熱の一つも出すでしょう。ですから最初、それが聞こえたときは、悪い夢かと思っていたのです。

——ずるり、ずるり。そんなふうに、家の周りを、湿った何かが這《は》い回る音がするのです。いえ、最初は私も空耳か……気のせいだと思っておりました。しかし、翌朝雨戸を開けたとき……玄関の前にできた、大きな水たまり。そしてそこに残った、犬よりもずっと大きい何かが這いずったような跡を見つけたときの怖気を想像できますか？

——エエ、本当に身の毛がよだつ、という事はあるのですね。次の夜も同じです。何かがずるずると家の周りを這い回っているのです。その音に耳を傾けるうち、私は、それがぼそぼそと何か喋《しゃべ》っている事に気がつきました。

——それは、ずうっと何か埒もない事を呟きながら、なんとかして隙間を探し、家の中に入ろうとしているのです。そしてその声は日に日にはっきりとしてきて……昨日はついに、私の名を呼んだのです。

――明花、と。

押し寄せる快楽に耐えながら、坂上が聞き取ったのは大体がこんな内容だ。要は夜な夜な家の周りを這うものがあって、それが彼女の名前を呼ぶ、というだけの話である。志乃はそれの正体こそ、死んだ堀田だと思っているようだった。そして堀田であるのなら、親友の坂上なら鎮められると考えて訪ねてきたらしい。

それだけの話なのに、何故この女と寝てしまったかがよく分からない。

ただ、志乃の言う通り、その怪異の正体が死んだ堀田であるのなら、それはなんとかしてやりたかった。未練など山ほどあるに違いないが、一つか二つくらいなら、坂上でもなんとかしてやれる。

――やれやれ、こんな厄介ごとに巻き込まれるなら、友なんぞ作るモノではなかったな。

これからのことを考えると、それだけで憂鬱になってくる。まったく、なんともやりきれない気分だった。

それを払拭するように、坂上は志乃へ言う。

「わかった。では今晩、お主の家に行くが良いな？」

「はい？」

唐突な申し出に、志乃は僅かに戸惑ったようだ。大きな目が数度瞬《まばた》く。それに構わず、坂上は更に続けた。

「すべてにけりを付ける。多分、これでもう事は終わりだ」

短すぎる言葉であるが、それである程度は通じただろう。それが本当の意味で正しく伝わったか否かなど、坂上の知ったことでは無い。

とにかくすべてを終わらせる。坂上が出来る堀田への手向けなど、それくらいしか思いつかない。

雨は変わらず降りしきる。夜には熄《や》めばよいな、と思った。

四

坂上が志乃の家に着いたのは、夜も遅くのことだった。子《ね》の刻を過ぎている。

志乃の家は音羽にあった。寺側の、まるで庵《いおり》のような家である。

取り決め通りに木戸を叩くと、直ぐに開いた。

「お待ちしておりました、坂上様」

昼間にも会っていたが、夜に見る志乃は更に妖艶だった。行灯《あんどん》の明かりが表情に影を作り、それが奇妙なほどに妖しく見える。

今の志乃から匂うのは、例の香りではない。白粉《おしろい》と椿油《つばきあぶら》の混じった匂いだ。

通された座敷には酒の用意がしてあったが、坂上はそれを無視する。代わりに一言、静かに訊いた。

「現れるのは丑の刻。それに相違ないな？」

「はい」

坂上の言葉を、志乃は短く肯定していく。

「なるほど、では、あと半刻《はんとき》もしないうちに、その声の主が現れる、というわけだ」

坂上はそう呟くと、向かい合って座る志乃の腕を、つと取った。そのまま引くとはなしに引く。

「あれ……」

小さく声を上げると、志乃はそのまま坂上の胸の中へ抱き寄せられた。坂上は静かに志乃の襟をくつろげると、首の辺りに顔を埋《うず》める。一度大きく呼吸をする。

あの匂いはしなかった。あるのはやはり、白粉と椿油の香りだけだ。

――なるほど、今は人の方が些か強いか。

坂上は、志乃から躯を離して言った。

「俺が良いと言うまでは、お主はこの部屋から絶対に出るな。明かりも消すのだ。当然だが、外を覗《のぞ》き見るのもやめておけ」

「は、はい……」

先程の抱擁の意味を捉えかねて混乱しているようだったが、それでも志乃は素直に頷く。二人分の呼吸だけが、閉め切った部屋の中に満ちていた。

あたりはしん、と静まりかえり、呼吸の音がやけに大きく響くようになった頃。部屋の外で、水が滴る音がした。

最初はぴちゃり、ぴちゃり、という静かな音だ。次いで、ずるり、ずるりと重たい何かが這うような音が加わった。その音は、近づいては遠ざかる。家の周りをグルグル回っているらしい。

一周……、二周……三周……。四周目の半ばで、不意に低い男の声がした。

《明花……》

《明花》

《頼むからここを開けてはくれぬか、明花……》

志乃の言葉通り、それは堀田の声だった。だが、堀田の葬儀はとうの昔に済んでいる。その軀は堀田家代々の墓に眠っている筈だ。

《明花……》

ガタガタと、雨戸が揺れる音がした。風では無い。何かが揺さぶって、入り込もうとする音だ。坂上は静かに立ち上がると、襖《ふすま》を開け、そのままふらっと歩き出す。行き先は縁側だ。

「坂上様……！」

志乃が何かを告げるより早く、坂上が鋭く言った。

「お前は絶対に外へ出るな。見ることも駄目だ」

「しかし……」

「見たら最後、連れて行かれる」

坂上の言葉と同時に、ぴしゃりと襖が閉まる音がした。志乃は言いつけを守るようだ。

背後を振り向き、志乃が覗き見していない事を確認してから、坂上は縁側の雨戸を開け放つ。冷たい風が顔を叩いた。

明かりの必要がないくらい、月が綺麗な晩である。

薄ぼんやりとした月の光の下に、それはいた。

皮膚が朽ち、中身の骨を剝き出しにした巨大な蛇——。

正確にはそれは蛇ではなかった。四つん這いになった人の腰に、更に人がしがみつく。それが延々繰り返されて蛇に見える、それだけのものだった。

人の形を保っているのは、先頭の者だけだ。それ以外はすでに黄ばんだ骨になっている。うごめく度に、骨が擦れてはギギッと鳴き声のような音がした。

見るからにおぞましいそれは、縁側が開いたと見るや、そこから中に入ろうとのろのろと向きを変え、ずるり、ずるりと水を滴らせて動き出す。

《明花。明花》

《ありがとう、ようやくここを開けてくれたな。これで俺は、やっとお前との約束を――》

声の主は、先頭の者らしい。ずっと水の中にでもいたせいか、それはぶよぶよと腐敗しきり、膨張して見る影もないが、その声はまごうかたなく、友のものだ。

怪異の行く手を阻むような位置に立ち、坂上が、優しい声で呼びかけた。

「堀田。俺の顔を見忘れたか」

その声に、初めて蛇が這うのを止《や》める。何か戸惑うような気配があるのは気のせいだろうか。

動きを止めた化け物へ、坂上がひざまずく。そのまま、腐敗しきって顔の判別さえ付かないそれを抱きしめた。

もしかしたら、それは、化け物に成り果てた旧友を鎮めるための抱擁であったかもしれない。彼らを知る者が見たら、きっとそう取っていた筈だ。

しかし――。次の瞬間起こったことは、当の化け物の想像すらも超えていた。

「まったくお前、すっかりと化け物に成り果てたなァ」

化け物に囁く坂上のその声は、強い歓喜に満ちていた。

「いいぞ、実に美味そうだ」

言うや否や、坂上は化け物を更に強く抱きすくめ、無造作にその肩に喰いついた。

ぶちゅり、と汁気の多い音がした。その後で、かつん、かつんと歯が骨に当たる音がする。

肉を咀嚼《そしやく》する音が響くのと、それが恐怖に怯えたように暴れだしたのは同時だった。ぞぶり、と肉を喰いちぎった所から、まるで血のように多量の水がどっと溢《あふ》れる。頭からその水を浴びながらも、坂上は咀嚼をやめる気配がなかった。

ぶよぶよの肌を噛み破る鈍い音と、筋だらけの肉を噛む、ぶつり、ぶつり、という音が骨を伝い、尾まで届く。ずぞっと血肉を啜《すす》る音が鈍く響いた。

その度に末端の骨まで大いに暴れるが、しかし、坂上が化け物を喰う速度は異様に速い。一口で肩を砕いて腕を喰い、二口目で脳漿《のうしよう》ごと頭を喰らう。三口目で残りの腕と上半身の真ん中を、四口目で腰まで喰って、五口、六口で、腰に抱きついた骨と一緒に先頭の亡者《もうじや》の足を喰う。その度にどす黒い濁り水が傷口から溢れた。

あり得ない量の化け物の肉と骨が、見る間に坂上の胃の腑へと消えていく。

友に対する逡巡も、化け物に対する嫌悪《けんお》すらも無く、至極美味《うま》そうに血を啜って肉を食《は》む。それは完全に、獣が獲物を喰らうときの様相だ。

たった一人の人間相手に、巨大な蛇を象《かたど》ったその化け物は、身動き一つ取れないまま、頭の先から喰われていった。

やがて辺りには、狼《おおかみ》がばりばりと骨をかみ砕くような音だけが響いてゆく――。

五

あの怪異の夜から、二日。家の前に残された大量の水もようやく捌《は》けて、少しぬかる む程度となっている。

その庭を思いながら、志乃は隣で酒を飲む男に撓垂《しなだ》れかかり、甘えるように囁いた。

「あれから二日が経ちましたが、あの化け物は現れませぬ。これで、すべてが丸く収まりましたわ」

男は手にした酒を呷《あお》ると、志乃の軀を抱き寄せる。柔らかく女の口を吸ってやり、低い声で笑って言った。

「俺とて、まさかあの男が化けて出るとは思わなんだぞ。初めて惚れた女に裏切られたのだから、無理もないが」

言いながら、男は美味そうにまた杯を干した。志乃がうっすら笑って酌をする。

「堀田様は、今時珍しいくらいに初心《うぶ》な殿方でしたからね。だますのは本当に楽でしたけれど、化け物になられてはどうにも出来ませぬ。でも、さすがは求馬様。おっしゃる通り、あの坂上とかいう男を会わせたら、途端に姿を消しました」

「堀田は俺と違って根っから真面目な奴だからな。親友におぞましい姿を見られては、恥じて出てこなくなるだろうと踏んだのだが当たったな」

　酔って気分が良くなったのか、真田は志乃の軀をまさぐり、ヒヒ……と嫌らしい声で嗤った。

「これで晴れて俺はあの道場を手に入れられたし、お前も他人の金で身請けが成った。ここまで上手《うま》くいくとはな、笑いが止まらん」

「堀田様は、何処までも人が良すぎるお方でしたわ。身請けの後で労咳《ろうがい》の振りをし血を吐いて、最早自分は助からない、一人で死ぬのは嫌だ、共に死んでくれと泣いて縋《すが》ったら、あっさりと心中を決意してくださったのですもの」

　あの時のことを思い出し、志乃は口元を押さえて笑う。

　堀田によって子供屋から身請けされた志乃は、家を借り、十日ほど二人で暮らした。最初の三日は自分でも呆れるくらいに丹念に、夫婦ごっこで骨の髄まで堀田を蕩《とろ》けさせ、そうして次の三日で体調を崩した振りをした。七日目にはこっそりと持ち込んだ鶏の血を使い、さも大量の喀血《かっけつ》があった様に見せかけて、そうして後の二日間、共に死んで欲しいとひたすらに口説いたのである。

堀田が底抜けのお人好しだから思いついた策だったが、よもやああまで上手くいくとは思わなかった。

しかし――、と志乃はあの日のことを思い返す。

まさか堀田が化けて出てくるなどと、夢想だにしなかった。祟《たた》りや物の怪《け》の類いに成り果てる堀田も恐ろしかったが、それよりも不気味なのはあの坂上という男の方だ。


あの日、坂上が外に消えてから、大凡《おおよそ》四半刻。命じられたとおり、志乃は外の様子を見なかった。好奇心よりも、素っ気なく言われた『見たら最後、連れて行かれる』という言葉の恐ろしさが勝る。だから、聞き耳を立てることがやっとだった。

その間、まるで獣が獲物を喰らうときのような音が延々と聞こえ、志乃は生きた心地がしなかったのを今でも覚えている。

何か大きなものが這う音もしないかわり、悲鳴のようなものも聞こえない。ただ、何かが何かを喰らう音だけが闇の中にひたすら響く。志乃に出来ることは、ただひたすらに神仏に、それが消える事を願うくらいだ。

その音が、不意に止む。次いで、ギシリ、と何かが縁側を登る音がした。これはどっちだ、と思う間もなく、襖が外側から開け放たれる。

「！」

そこに居たのは、全身がずっぷりと濡れそぼった坂上だった。髪の先や、着物から、ぽたぽたと水が滴り落ちて畳を汚している。

「終わったぞ。もう、あれはどこにもいない」

坂上の声は、普段と全く変わらず、その時初めて志乃は、この男に関わったことに漠然とした不安を抱いた――。

回想を遮ったのは、得意げな真田の声だ。

「心中は、片方が冷静になってはいかんのだ。恋に狂っているうちに仕掛けるから上手くいく。堀田はよほどお前に惚れていたと見える」

「私はあのような醜男《ぶおとこ》より、もっといい男相手がよかったですわ」

坂上の顔を浮かべる志乃の心など知らぬ真田が、得意げな顔で言う。

「まぁ、もう良いでは無いか。邪魔者はもうおらぬのだ。これからは我ら二人で……、な？」

そう機嫌良く酒を呷った次の瞬間だ。突如、真田が喉を掻きむしって藻掻《もが》き出す。

しかし、それを見る志乃の目は冷ややかだ。すっと真田から躯を離すと、酷薄な笑みを浮かべる。

「おや、いかがなさいましたか、求馬様……？」

「が……！　き、貴様……、あけはな……、まさか毒を……！」

一瞬で自分が何をされたか悟った真田が、志乃に向かって摑み掛かるが、あっさりそれを躱《かわ》される。

「この……売女《ばいた》……」

志乃は袂で口を覆い、愉快そうに笑って言った。

「求馬様のことですもの、事が終われば、私の事も消すのでしょう？　ですから、先手を取らせて頂きました。私とて、せっかく娑婆《しゃば》に出られた身。もう少し楽しみたいですわ」

真田が絶命するその瞬間まで、志乃は笑みを絶やさなかった。完全に真田が息絶えたのを確認し、志乃が呟く。

――さて、死体の始末をどうつけるか。

思案を始めたその時、不意に、縁側近くの襖が何者かに蹴破られた。

そこに居たのは坂上だ。二日前の、あの夜と全く同じ場所に立っている。

「さ、坂上様……」

いつからそこに居たのか。

何を見られたのか。

ここから逃れる方法は……。

「坂上様、違う、違うのです……その……」

志乃はうろたえながらも、なんとか這うようにして坂上から距離を取ろうと必死で逃げる。しかし、それは無駄な努力に終わった。

坂上は志乃の襟を掴んで引き寄せ、低く囁く。

「案ずるな。お前が堀田を殺したことなど、初めて話を聞いたときには知っていた。だから、別に敵討ちに来たわけでもなんでもない」

「え……」

堀田殺しをあの時から知っていたとはどういうことか。思わず固まる志乃に、坂上が言う。

「お前の話、あれはまるっと嘘だろう。いや、嘘ではないな。自分と堀田の台詞《せりふ》を取り替えて俺に話した、そうだろう？」

ぎょっとした。真実その通りだったからである。何故わかったのか。志乃の心を読んだかのように、坂上は言葉を続けた。

「そもそも、道場の師範代になるような奴だぞ？　いざとなったら、まずはお前を苦しませずに送った後で、腹を切るなり喉を掻《か》っ捌《さば》くなりする。端から失敗など考えない、そういう男だ。だから、あの話は視点が逆だとすぐにわかった」

たったそれだけで、この男はすべてがわかったというのだろうか。否定しようとしたが、しかし、口から言葉が出てこない。

　ぱくぱくと口を開ける志乃を見て、坂上が薄く笑った。

「まぁ、そんなことはどうでも良い。堀田は死んだし、そうしてお前に心底惚れていたのは事実だからな」

　つまりは許す、ということか。一瞬期待した志乃だったが、坂上の次の言葉に目を剝いた。

「腹に収めた堀田の奴がな、死ぬときは一緒だと、お前と約束したのだと言うのだよ。お前との約束を守ってやらなければ、死んでも死にきれないのだそうだ。親友がそういうのだから、それはまぁ、俺も手伝ってやりたいじゃあないか」

　坂上の口が三日月形にニタリと開いた。赤い舌がチラリと閃《ひらめ》く。

　腹に収めた？　それはどういうことなのか。

　坂上は、薄く嗤って更に続けた。

「お前、あいつに言っただろう。『死ぬときは、必ず二人、一緒です』と。その言葉に囚われて、堀田はあんな化け物に成り下がってしまったのだ。お前との約束を守る、そのためだけに成仏《じょうぶつ》を拒否して、な。まぁ、情念に縛られた化け物は格段に美味いのだ。その点は礼を言おう」

それは、真田すら知らない、堀田と志乃だけの約束の筈だった。

この男は、真実しか言っていない。

狂ったように手を振り回し、志乃は、なんとか坂上から逃れようとする。

「離して、離して……！　謝る、謝るから、赦《ゆる》してぇ……！」

「今日はあいつの葬式から七日目だ。お前も一緒に連れて行ってもらうといい」

「ヒッ……」

愉しそうに話しながら、坂上は、志乃の頬をべろりとなめる。

「俺は、所謂《いわゆる》如何物喰《いかものぐ》いでな。好物は人でないもの、化け物だ。お前はたまに良い匂いがするのだが、その正体がわからなかった。しかし、人を欺《だま》し、喰らい尽くそうとする時にその匂いがすると気がついて合点がいった。それもまた、一種の人喰い鬼だろうとな」

化け物から助けて欲しいと縋ってきたとき、その匂いはしなかった。そう言って、坂上は低く嗤う。志乃の首に顔を寄せ、その匂いを嗅いで言う。

「なるほど、これは外道の香りだ。人でなしの奴からは、実に美味そうな匂いがする」

そうして坂上は、なんの躊躇いもなく、志乃の首に喰らいつく。ぎゃあああ、と魂消《たまげ》るような声と同時に血が迸《ほとばし》り、そこら中が血の海になる。

坂上は、暴れる志乃の軀を抱きすくめ、かつん、かつんと歯を立ててその肉を食み、ずぞっと音を立てて血を飲んだ。そのたびに志乃は大声で叫び、ひたすら外へ助けを求めた。しかし、坂上は志乃の口を塞ぐでも無く、淡々とそれを続ける。

ぶちぶちと筋を嚙み切り、血肉を嚥下《えんげ》し、骨を齧《かじ》って髄まで啜る。首から乳房、そして腹へと、ゆっくりと喰い破った。

志乃が完全に動かなくなるまでそれは続いた。

半ばまで喰い散らかした後、漸く坂上は志乃の屍から顔を離す。まるで野犬に喰い散らかされたような有様の女の死体を見下ろして、少し呆れたように言った。

「なんだ、こいつは半分くらいは人なのか。もう少し寝かせておけばよかったな。これ以上はもう喰えない。もったいないな」

肩をすくめて、口の中に溜《た》まった血肉をぺっと吐き出す。志乃の悲鳴のせいだろうか、周囲が騒がしくなってきた。耳を澄ませば捕り方の呼子の音まで聞こえる程だ。

「これは逃げ切れそうもないな。まったく、情にまかせて男女の仲に深入りをしたせいで、とんでもないことになったもんだ。……まぁこれも親友の頼みだからな、仕方あるまい」

まるで他人事のように呟くと、坂上は大小を腰から外して外に出た。縁側にどっかと腰を下ろす。

捕り方の役人がやってきても、坂上に抵抗する気は微塵《みじん》も無かった。

　だからこれは、蛇足の話だ。

　役人に捕縛された坂上は、あっという間に死罪が決まった。何も申し開きをしなかったので、真田が身請けした女郎に横恋慕したあげく、二人を殺した極悪人にされたのだ。死罪は死罪でも、大方切腹だろうと思ったが、さすがにやらかした事が事だけに、そんな名誉の死が与えられるわけも無く、斬首という事になったらしい。

　まぁ別に真実を言ったところで誰も信じるわけでなし、このまま死ぬのも致し方ないと納得していた。

　だが、未練は残る。最後に喰ったあの女は実に中途半端《はんぱ》で不味《まず》かった。どうせ死ぬなら、もっと美味いモノを喰って死にたい。

　そう腹の中で文句を言っていたときだ。牢が開いて、中に一人の男が入ってきた。がりがりに痩せた、四十がらみの役人だ。その男は、まじまじと坂上の顔を見た後、ふむ、と唸《うな》って一言尋ねた。

「邂逅《かいこう》とはすなわち縁《えにし》だ。故に、私がここに居合わせたのも何かの縁。だから問おう。お前は生きたいか？　死にたいか？」

と。妙なことを言う役人だと思ったが、しかし、無視する気には何故かなれない。それに、当然答えは決まっていた。坂上は、舌なめずりをしてきっぱりと言う。

「そりゃあ勿論生きたいさ。まだまだ美味いモノが喰いたいからな」

その時、男はとても愉快そうな顔をした。嬉《うれ》しそうに嗤ったまま、きっぱり言った。

「よし、わかった。では、お前は生きろ」

なんの冗談かと思ったが、そういうわけでもないらしい。

翌日、処刑の前に坂上は、首切り役人の山田《やまだ》浅《あさ》右《え》衛門《もん》と少し会話を交わした。

「首の切り口は綺麗にしてくれと、小野寺殿からのお達しだ。あまり暴れると見苦しい切り口になる。お前も武士の端くれならば、腹をくくれ」

一瞬、誰だと思ったが、すぐに昨日の会話を思い出す。あの痩せた男は小野寺というらしい。

坂上には生きろと言ったくせに、首切り役人には綺麗に首を切れと言う。その矛盾が、妙にあの男に合うと思った。だから、坂上は首の辺りをさすって答える。

「だったら上手く切ってくれ。痛いのはどうも苦手だ」

「変わった男だ。何か言い残すことはないのか？」

「聞いてどうする」

軽い気持ちで坂上が問うと、山田は真面目くさった顔で言う。

「遺言を伝えたい相手が居るのなら、必ず拙者が伝えよう。伝えたい相手が居なければ……そうだな、拙者が覚えていてやろう」

それを聞いた坂上は、しばし考え、そしてこくりと頷いた。

「そうだなぁ。四谷にある西応寺に、堀田助右衛門という男の墓がある。来月の末が丁度四十九日でな。そいつの墓に、何か美味いものでも供えてくれ」

「……それで良いのか？」

意外そうな顔をする山田に、坂上が笑って言った。

「ああ。それだけが心残りといえば心残りだ。あとはまぁ、どうでも良いかな」

本当にさっぱりした顔になった坂上を、山田はしばし黙って見ていたが、「わかった」と短く言った。

四半刻もしないうち、坂上は山田浅右衛門の手でバッサリと首を切られて確かに死んだ。しかし、目覚めた時には首が綺麗に縫い合わされて、そうして新たな身分と名前が用意されていたのである。

御家人・坂下勇悟の人生は、十年前のその日に始まったのだ——。

六

首に当てられた宗純の刀が一旦離れ、大きく振り下ろされるその刹那、坂下は、自分が生まれ変わる羽目になった事件のことをぼんやり見ていた。

一炊の夢の話があるが、結局はうたかたであるらしい。

同じ男に二回も首を切られて死ぬのはなかなかあることではないな、と他人事のように思った瞬間だ。

「ぎッ！」

ぶつんと肉が裂けた音と同時に、加当が苦悶《くもん》する声が耳に入った。

「なッ……！」

宗純が焦《あせ》ったような声を出す。加当に庇《かば》われたと悟ったときには、もう坂下は動いていた。上手い具合に転がって僅かに宗純に近づくと、懐《ふところ》から一枚の札を出し、それを顔面に貼り付ける。糊《のり》など塗ってもいないただの紙切れなのに、それはぴたりと宗純の両目に張り付き視界を奪う。

さすがの宗純も焦ったようで、顔面をかきむしってその札を剥がそうとするのだが、まるで膠《にかわ》で張り付いたように目の上からは取れなかった。

視界を奪われ動転する宗純に、今度は坂下が刀を突きつける。

「そこまでだ、くそ坊主。そいつは林奉行のとっておきでな。小野寺以外、誰にも剥がせない札だ」

首筋に当たる刃の感触に、宗純はピタリと動きを止めた。坂下はその隙に、刀の下緒《さげお》で宗純を縛り上げる。とりあえず動きを封じたことを確認すると、坂下は自分の代わりに斬られた加当を顧みた。

刀傷自体は、背中を浅く切られた程度で済んでいる。しかし、怪異にやられたらしい内側は、急激に動いたせいで余計に悪化したようだ。つい先刻、あらゆる骨と肉を剝がされたばかりなのだから無理もない。

「おい、加当、生きてるか？　無茶しやがって……」

「大丈夫だ、気にするな……」

さすがに心配して尋ねると、加当はちっとも大丈夫そうでない顔で、それでも気丈に言ってのける。

「そういうわけにもいかないだろう。とっとと小野寺の所に戻って直してもらうか……」

そう呟くと、坂下は縛り上げた宗純の縄をまた解く。そのままゆっくりと言った。

「おい、くそ坊主。そういうわけだから、お前も林奉行の所まで来てもらう。尤《もっと》もその札は死んでも剝がれんから、選択の余地もなかろうが」

「……殺さないというのか」

別の意味で驚いたように呟く宗純に、坂下が更に面倒そうに言う。

「殺したら殺したで、面倒なことになるに決まっているからな。これが最善手だ」

念のため宗純から仕込み杖だけ奪い取ると、坂下は今度は地面に伏せたままの加当を背負う。

「両手両足が全部そろうとさすがに重いな……。いいか、加当。山を下りて近くの村に着くまでは手当なんぞ出来ないからな。それまでは、せいぜい死ぬなよ」

「……誰が死ぬかよ」

「よしよし、良い子だ。小野寺にも、背中の傷は逃げ傷じゃあないってちゃんと伝えてやるからな」

　まるで子供をあやすようにそう言うと、坂下は宗純を促して山を下りる。

　鳥の声がしなくなったことに、まだ誰も気付かない、そんな冬の日のことだった。

ひとでなし

第五話

HITODENASHI

秋七月、東國不盡河邊人大生部多、勸祭蟲於村里之人曰、此者常世神也。祭此神者、致富與壽。巫覡等遂詐、託於神語曰、祭常世神者、貧人致富、老人還少。由是、加勸、捨民家財寶、陳酒、陳菜六畜於路側、而使呼曰、新富入來。都鄙之人、取常世蟲、置於清座、歌儛、求福棄捨珍財。都無所益、損費極甚。於是、葛野秦造河勝、惡民所惑、打大生部多。其巫覡等、恐休勸祭。時人便作歌曰、禹都麻佐波、柯微騰母柯微騰、枳舉曳倶屢、騰舉預能柯微乎、宇智岐多麻須母。此蟲者、常生於橘樹。或生於曼椒。曼椒、此云褒曾紀。其長四寸餘、其大如頭指許。其色綠而有黑點。其皃全似養蠶。

『日本書紀』
巻第二十四　天豊財重日足姫天皇　皇極天皇　三年

一

嘉永四年、師走。駿河。

辰《たつ》の下刻を回った辺りか。

甲斐国より、眼光鋭い鶴のように痩《や》せた男が、馬を使って駿河・西山村《にしやまむら》にある本門寺《ほんもんじ》へ向かっていた。

西山本門寺は興門《こうもん》八本山の一つに数えられる古《こ》刹《さつ》だ。日蓮の高弟六老僧の一人、日興《にっこう》の法脈を継承している。かつては武田勝頼の庇護《ひご》を受け隆盛を誇っていたが、武田家の滅亡以来、徐々に寂れて今に至る。

とはいえ由緒《ゆいしょ》ある古刹だけあり、寂れてはいても荒れた様子は何処にもない。三六〇町歩《ちょうぶ》もある広大な境内は隅々まで掃き清められ、黒門から本堂へ至る参道もきちんと手入れをされていた。

黒門側の茶店に馬を預けると、男は山頂にある本堂を目指し、参道を上る。

室町時代に建立《こんりゅう》された名残だろう。間隔を広く取られた参道は、緩やかな勾配ではあるがとにかく距離がある。

痩せた身体のどこにそんな体力があるのか、普通の人間なら息を切らしてしまいそうな坂道を、男は平地を行くが如《ごと》き早さでどんどん進んで行く。

たちまちのうちに男は長い参道を抜けて山門をくぐる。急に視界が開けたような印象を受けるのは、境内がとにかく広いせいだ。境内のあちらこちらに、質素だが頑強な造りの伽藍《がらん》が幾つか見える。

それらの伽藍には、日光東照宮ほどでは無いが細微で美しい彫刻が施され、建立された当時はかなり豪奢《ごうしゃ》な姿だったことが推察できた。

しかし、いまや建物を維持する人手も金も足りないのだろう、柱も瓦も酷《ひど》く乾き、どことなく老いた印象が強かった。

——取り返しが付かなくなる前に、この寺に埋《うず》もれている書物を救い出したいものだ。

案内を請《こ》うために本堂らしき伽藍に向かいながら、男はふとそんなことを考えた。

手入れされない建物は雨漏りがあっても気付かれにくい。人手が少ないのなら書庫の虫干しも二の次にされるだろう。手の届く範囲に置かれた本はまだ良いが、奥に積まれた本は、やがて紙魚《しみ》に喰われて人知れず朽ちていき、それはやがて書庫全体に広がるのだ。

本を朽ちさせるのは罪である。

朽ちた本は別に無くなるわけではない。二度と読めなくなるだけだ。

それは、本を殺す行為に他ならない。

寺男に貫主《かんじゅ》への取り次ぎを頼み、漠然とそんなことを考えていると、中から墨衣《すみごろも》を纏《まと》った老僧が現れた。かなりの高齢らしく、若い僧侶が転ばぬようにとその身体を支えている。

老僧は男よりも小柄で同じくらいに痩せていた。しかし、温和《おとな》しそうな表情で、常時仏頂面のその男とは正反対だ。

老僧は男に静かに訊ねる。

「小野寺様……でございますか？」

その声には、外見からは信じられぬほどの張りと艶があった。長年経を唱えている僧侶は喉が鍛えられて美声になると聞くが、その類いであろうか。

小野寺と呼びかけられた男が頷《うなず》いた。

「左様。甲斐国林奉行、小野寺甚五郎と申す」

その名を聞いた僧侶が、僅かに安堵《あんど》した顔をする。そのまま深々と頭を下げ、自己紹介をした。

「此度はご足労ありがとうございます。私はこの寺の貫主をしております日舜《につしゅん》と申します。こちらは弟子の日了《にちりょう》と申しまして、身の回りの世話をさせております」

紹介されたとき、若い僧はほんの僅かに視線を上げて小野寺を見る。その時初めて気付いたが、その僧はこんな田舎には不似合いなほどに垢抜《あかぬ》けた、怜悧《れいり》な美貌の持ち主だった。

どうやら頭も切れるらしく、小野寺に対してもまるで値踏みするような視線を投げてくる。小野寺はそれを無視して話を進めた。

「ありがとうございます。身延《みのぶ》の円稜《えんりよう》寺、良吽《りよううん》殿よりお名前は伺っております。此度は甲斐国領にある山林についてご相談があるとか」

「はい、三十年ほど前に檀家の者より寄進された山なのですが、その始末について色々悩んでおるのです。今回はそのご相談に乗って欲しいとお呼びいたしました」

二人は直ぐ近くで仕事をしている寺男に勘ぐられぬよう、それとなく話を合わせる。《本業》にまつわることは、大抵碌《ろく》でもない因果がある為、できるだけ内密に行った方が良い。

貫主になるだけあって、日舜は面倒を回避する術《すべ》に長《た》けているようだった。さりげなく寺男を注視しながら日舜が言う。

「私ども以外の者は皆、朝のお勤めをしております。少しばかり五月蠅《うるさ》いかと思いますので、不躾ではございますが庫裏《くり》の方へご案内いたしましょう」

その言葉通り、確かに本堂の方からは読経が聞こえた。荘厳《そうごん》というよりも、どこかのどかさすら感じさせる雰囲気だ。

一方、その読経の雰囲気とは異なって、先ほどから日舜の声には底に張り詰めた緊張がある。それは警戒にも似ていた。

案内された庫裏には、人の気配がまるでない。勤行《ごんぎょう》の時間であるため、皆出払っているのだろう。

日舜に案内された部屋は、どうやら彼の私室らしい。文机《ふづくえ》の上も綺麗《きれい》に整頓されていたし、床には塵《ちり》一つ無かった。それだけでこの老人の性格が窺《うかが》い知れる。

「さ、どうぞお座りくだされ。今、ご相談したいものをお見せしますので……」

小野寺に座布団を勧めつつ、日舜は日了に命じ、違棚の上にある天袋から風呂敷包みを持ってこさせた。おおよそ一尺四方、正方形の包みである。日了からそれを受け取ると、日舜は風呂敷包みを小野寺の前に置いて言う。

「……こちらです。様子が変わってしまう前にどうぞご検分ください」

様子が変わるとはどういう意味か。小野寺はちらと日舜の顔を見る。彼の眉間に深く刻まれた皺《しわ》は、老い以外にも理由がありそうだった。

「では、拝見仕る」

一度断りを入れると、小野寺は風呂敷包みをするりと解く。

中にあったのは目の粗い竹細工で出来た箱だった。手に取ると、予想よりもかなり軽い。

籠の中から、何かがもぞもぞと動く気配がする。小野寺は中身を刺激しないよう、箱の蓋を静かに開けた。

「……」

「これは……」

籠の中に入っていたのは、緑の身体に黒点のある数匹の芋虫だった。一瞬、揚羽蝶《あげはちょう》の幼虫かと思ったが、よくよく見ると造りが違う。

色こそ違えど、小さな頭と薄い皮は、明らかに蚕のものだった。退化しきって物も摑《つか》めぬ脚を見てもよく分かる。

少し弛《ゆる》んだようなぶよぶよとした皮は酷く薄く、その間を流れる体液が透けて見えるほどだった。触れれば弾《はじ》け、その液体が飛び散るのでは無いかとすら思える。

——また、蚕だと？

小野寺は今年の秋口に加当が遭遇したという怪異のことを思い出す。加当は多くを語らなかったが、持ち帰った書物から推測するに、あれも一種の蠱毒《こどく》だろう。

蚕というのは非常に因果を作り替えやすい虫である。この緑の這《は》い虫もああやって作り替えられたものかとちらっと思ったが、小野寺は即座にその考えを否定した。

これは蚕ではあり得ない。何故なら、蚕の卵は冬の間は孵化《ふか》することが無いからだ。

そもそも真冬で餌の無いこの時期に、ここまで丸々と肥えている筈《はず》もない。これは、普通の虫ですら無いはずだ。

小野寺には、この蚕に似て非なる虫に一つだけ心当たりがあった。念のため、日舜に尋ねる。

「御坊。これは何処から手に入れた物か？」

「はい。これは一昨日、妙な虫を見つけたと言って檀家の者が持って来たそうです。私では無く日了が受け取ったので又聞きとなりますが……」

言いながら、日舜がちらっと日了に視線を投げた。それを受け、日了が淀《よど》みなく後を続ける。

「はい。これを持ってきたのは下条《しもじょう》の与《よ》平《へい》という男です。ここから五町ほど南へ行った先にある、鍛冶屋の裏手の河原で見付けたと言っておりました」

「河原、ですか」

日了の言葉に、小野寺は己の眉間にも皺が寄っていくのを感じた。日舜がわざわざ己に依頼してきた理由も悟る。

緑の虫を見つめると、小野寺は苦々しく呟《つぶや》いた。

「なるほど、つまりは常世神《とこよのかみ》か」

常世神というのは、『日本書紀』巻第二十四に記された神の名前だ。

皇極《こうぎょく》天皇三年（六四四）の秋七月に、東国の不尽河《ふじ》のほとりに住む大生部多《おおふべのおお》という者が蚕に似た虫を「これは常世神である。この神を祀《まつ》れば富と長寿を得る」と言い張り村人に祀るように勧めた。巫覡《ふげき》もまた「常世神を祀れば貧しい人は富を得、老人は若返る」と神託を受けたと触れ回り、それによりこの辺りの人々はこの虫を信仰するようになったという。

常世神信仰はやがて京の都にまで広がったが、しかし全く益が無かった為、秦河勝《はたのかわかつ》が軍を率いて大生部多と常世神を打ち倒して滅ぼしたと日本書紀には記されている。

日本書紀に書かれた不尽河というのは富士川の事だ。そしてそのほとりにあるのが、ここ西山村だった。常世神の伝承にある村に、同じ虫が再び現れるというのも偶然では無いだろう。

日舜がため息交じりに言った。

「この虫が本当に常世神かどうかは拙僧にはわかりませぬ。しかし、真冬で餌もないのにここまで丸々と太る芋虫がいるというのはやはり普通ではない」

繭や蛹《さなぎ》の姿で冬を越す虫もいるにはいるが、これはそれとは別物だろう。日舜はさらに続けた。

「見る限りでは、特に害もなさないただの芋虫、勝手に打ち殺してしまえばいいとも思ったのですが、しかし、御仏に帰依《きえ》した身としては殺生もできませぬ。それに……」

何かを言いかけ、日舜は口ごもる。出来れば言わずに済ませたいようなそぶりだった。しかし、小野寺はそれを見逃さない。ほんの僅かに目を細め、日舜に続きを促す。

「それに……？」

「……それに、私には、この虫を殺せる自信が無いのです。いや、この虫に死というものがあるのかさえ解らない。何故だかそう思ってしまうのです」

それは『神』がなんたるかを知っているからこそ出る言葉だった。みだりに神へ関わると、どんな祟《たた》りがあるか解らない。衆生《しゅじょう》を救おうとする仏と違い、この国の神は救済を願うどころか、むしろ『どうぞ何もしてくれるな』と宥《なだ》め賺《すか》すものだからだ。宥め賺すにも手順が要り、それは仏教とは様式が異なるので僧侶には些《いささ》か荷が重いだろう。

小野寺は妙に鹿爪らしい顔で日舜に言った。

「淫祠《いんし》邪教のものとはいえ、神は神ですからな。そう思うのも無理はない。しかし、秦河勝によってこの常世神は確かに殺されている。方法が無いわけではありませぬ」

小野寺の言葉に、日舜はようやく安堵の表情を浮かべた。小野寺の言葉には、何故か痩せた四十がらみの男だとは思えぬほどの重みがある。

「ありがとうございます。拙僧如きでは流石《さすが》に神は手に負えませぬ。ようやく胸のつかえが下りた気分です」

明らかにほっとしたように呟く日舜に、改めて小野寺が訊ねた。

「しかし、仮にもしこの虫が常世神だったとして——本当に処分してもよろしいのですか？」

その問いに、日舜は素直に頷いた。

「それはもう。僧侶には不要なものですから」

ほんの僅か、語尾に混じる嫌悪《けんお》と安堵感に、日舜が一刻も早くこの虫から縁を切りたがっているのが窺えた。

君子、怪力乱神を語らずという言葉の通り、この世に開けてはならない扉というものは確かにある。貫主にまで上り詰めたこの老僧はそれをしっかりとわきまえているのだろう。

だからこそ小野寺も素直に日舜の言葉を受け入れる。

「わかりました。ところで、これは檀家の方が持ち込んだとおっしゃいましたな。その者にも一度話を聞きたいのだが、出来ますかな？」

「はい、それは日了に聞けば案内してくれるでしょう」

話を振られ、日了が口を開いた。

「かしこまりました。ただ、その者はこれが常世神だとは知らず、気味が悪いからと持ち込んだだけだそうなので、あまり詳しい話は聞けぬと思いますが……」

淀みない言葉だが、どこか探るような気配があった。詮索好きというよりも、自分が知らないことが在ることを許せない性格のように思える。

「結構。私が知りたいのは、この虫が見つかった場所だけだ。それ以外は必要ない」

そっけない小野寺の言葉に日了は僅かに目を細めたが、これ以上何かを聞き出すのは無理と判断したのだろう。日了は傍らに居る日舜へと訊ねた。

「では、早速その者の家まで小野寺様をご案内いたしたいと思います。日舜様、少しばかりお暇《いとま》を頂いてもよろしいでしょうか？」

「ああ、勿論《もちろん》だとも。小野寺様にご無礼がないようにな」

「かしこまりました。では小野寺様、参りましょうか」

若者らしく、日了は機敏な動きで立ち上がる。小野寺も籠の蓋を閉めてから、日了の後を付いていく。

あとに残るは日舜だけだ。

カサカサとざわめく虫の音が、妙に大きく部屋に響いた。

二

正午を少し過ぎていた。

本門寺を出た小野寺は、虫を見付けた者に話を聞くため、日了と共に森山へ向かう細い道を歩いていた。檀家に渡すものがあるらしく、前を行く日了の背には小ぶりな包みが背負われている。おかげで少し歩きにくそうだった。

森山というのは、ちょうどお椀《わん》に盛った飯を伏せたような山で、その形から人の手が創った山だと言われている。古墳ではないかと言う者もいたが、幾ら調べても真相は分からないそうだ。

時折曰《いわ》くのありげな祠《ほこら》や石碑が見られることから、地元の者はここを霊域や神域のように捉えているのかもしれない。

山中を歩きながら小野寺は、今回は加当なり坂下なりを連れてくれば楽だったと考えていた。如何《いか》物喰《ものぐ》いにそのまま神を喰わせても良かったし、諏訪大明神の憑代《よりしろ》に神をぶつけても良かったのだ。

しかし、生憎《あいにく》あの二人は黒川《くろかわ》山の怪異を鎮めに行かせてしまっていた。

――その場合、連れてくるのは坂下になるか。

今回の件は、秋口の蚕の怪異と繋《つな》がっている可能性がないとも言い切れない。その場合、加当が常世神によってあちら側へ引き摺《ず》られても面倒だった。

加当にはどうしても少しばかり甘さがある。若さ故《ゆえ》なのか、或《ある》いは元からの性分なのかは解らない。坂下のように図太くあらゆるものを俯瞰《ふかん》して眺めているような男の方が、神殺しには向いている。

だが、生憎この場には坂下も加当もいない。居るのは道案内の僧侶だけだ。

日了は、必要最低限のことしか喋《しゃべ》らない案内人だった。余分なことも一切言わず、黙って小野寺の先を行く。

小野寺も特に喋ることが無いため無言でその後を付いて歩いた。

「日了殿。本当にこの先に人が住んでいるのか？」

山道を四半刻ほど歩いた頃、小野寺はついに日了に声を掛けた。日了は特に動じることも無く言う。

「ええ、山の頂に集落があるのです。この辺りは平家の落人《おちうど》が作った隠れ里でございますからな。慣れぬ方には解りづらいかもしれませぬ」

淡々とした物言いだったが、僅かに嘲るような気配があった。小野寺はその事に気付いたが、しかし、何も言わなかった。

小野寺が黙っているのをどう捉えたかは解らないが、日了は更に続ける。

「失礼ですが、小野寺様はあの虫が本当に常世神とかいうものだと信じておいでですか？」

「日本書紀に記してある虫と良く似通っている以上、そうだと言うしかないだろうな」

小野寺の答えに、日了は微《かす》かに笑ったようだ。前を行く日了の肩が僅かに揺れる。

「では、小野寺様は本当の常世神を見たことがないのですね。あくまでも書物の知識だけだと、そうおっしゃる」

今度はあけすけなまでに、嘲りの色が濃い声だ。日舜の隣にいた時とは打って変わって、随分傲慢な物言いだった。

――いや、これは傲慢なのでは無いな。その逆、何かに怯《おび》え、焦《あせ》っているのか。

一刻《いっとき》ほど共に過ごし、小野寺は日了という男がなんとなく読めている。頭が切れて、弁が達者で、顔も良い。あらゆる面ですこぶる優秀な男だった。なんでも理詰めで考える、理知的な点も強みだろう。優秀な官吏に多い型だ。

しかしこの手の男は理性的である分、心が無い。情熱や哀《かな》しみ、恩義よりもまず先に、計算で動いてしまう。

喜怒哀楽が無いわけではないのだが、なまじ先が読めるから、心よりも利を優先する場合が多い。

そんな男が怯えている。

小野寺の読み通り日了が怯えているとすれば、なにより合理的な理由だろう。神だとか祟りだとかいう目に見えぬものに対しての怯えではなく、例えば暴漢に殴られようとする寸前の、振り上げられた拳に対する怯えのようにそれは思えた。

とはいえこの男が何に怯えていようが、小野寺には関係ない。怯えるがあまり、単に近くに居るという理由だけで自分へ吠えてくるのならば、勝手にすればいいのだ。

愚にも付かない問答をしながらそんなことを考えていると、不意に日了の脚がピタリと止まった。

くだらない話は終わりだとでも言うように、すっと前方を指さし告げる。

「着きました。あそこが、あの虫を見付けた檀家の家です」

日了が指し示したのは、二町ほど先に見える竹林だった。そこまでにも鬱蒼《うつそう》とした木々が生い茂っている為、よくよく見なければ解らぬが、確かに三軒ほどが寄り添う集落がある。

こんな辺鄙《へんぴ》な場所にわざわざ家を建てるくらいなのだ、平家の隠れ里だったというのは本当らしい。

集落の伝承や構造にも興味はあったが、今は常世神を何処で見付けたかを確認するのが先だった。

見つけた場所が河原ならば良し。しかし、もしもあれを山で見つけたとしたら、かなり面倒な事になる。

水辺から来た神は流れてきたものだが、山から来る神は、そこで生じた神だからだ。

土着の神が動くときは大体が災いを連れてくる。

ほんの僅か、日了から意識を逸《そ》らせたその時だ。

ドン、と背中に強い衝撃を感じた。冷たい感触と高温の熱が混ざった奇妙な感覚が心の臓あたりを走り抜ける。

何があったか理解するのに、振り向くまでも無かった。

背後で荒い息づかいが聞こえたからだ。そのせいで、この男に刺されたのだと理解するのは容易《たやす》かった。

三

亥《い》の下刻を過ぎていた。

何食わぬ顔で寺に戻った日了は、「小野寺様は檀家の者と共にあの虫を探しに行った」と伝える事で日舜を納得させた。寒さに震えながらも全身に水を浴びたおかげだろう、日了が小野寺を殺《あや》めたなど、欠片《かけら》も疑われていないようだ。

何もかもうまくいった。そう思った。

後ろから心臓をひと突きすると、ほぼ即死の状態で、小野寺は地面に頽《くずお》れた。思ったより血が出ないのは、背中に短刀が刺さったままだからだろう。

小野寺を刺した日了は、その場でへたり込むことも無く、てきぱきと死体の始末を行った。小野寺の首に手を当て、確かに脈が止まっているのを確認した後、引き抜いた短刀を関節に押し当て、日了は手際《てぎわ》よく小野寺だったものの解体をはじめる。骨と皮ほどに痩せている小野寺を解体するのは楽だった。まるで厨《くりや》で大根でも切っているようだ。四半刻もしないうち、小野寺の死体は幾つかの部品に分かれた肉塊になっていた。それをわざと浅く掘った穴に埋め、日了はようやく肩の力を抜く。

このあたりは猪《いのしし》も熊も出る。うまくすれば綺麗に食い尽くされ、二晩程で誰の物かも分からない骨の山ができあがるだろう。

背負っていた包みには、着替えの僧服と足袋が入っていた。沢で身を清めれば、一人で戻っても誰にも疑われることは無い筈だった。

「これで……これであれは私のものだ。あれさえあれば私もあそこへ至れる……」

殺人の後の高揚からか、譫言《うわごと》のように微かに呟く。しかし、日了の目はそれでも何処か冷徹だった。

御仏に仕える身でありながら、人を殺めてしまった事への後悔は全くない。そもそも、己から《あれ》を奪おうとしたあの男が悪いのだ。

いつも通りに日舜の世話を終えて自室に戻った日了は、日課である瞑想《めいそう》の準備を始める。

以前は苦痛でしかなかった瞑想だったのに、今では日了の心の拠《よ》り所になっていた。瞑想を始めると、いつも暗い闇の中から紫雲に乗った観音菩《ぼ》薩《さつ》が現れる。なにもない部屋に蓮《はす》の花が咲き乱れ、虹色の靄《もや》がたなびく。

その蓮よりも、菩薩は艶やかで美しい。菩薩が動く度、衣に焚き込められているのだろう、麝香《じゃこう》にも似た甘い香りが鼻《び》腔《こう》を満たした。

恍惚《こうこつ》と見上げる日了の前まで歩みを進めると、菩薩は何の躊躇《ためら》いも無く、絖《ぬめ》の様に怪しく光る衣をするりと脱ぎ捨てる。余計なものなど何一つ無い滑らかな身体は色が白く、青い血管が蜘蛛《くも》の巣のように透けて見えた。

ゆっくりと膝を曲げ、菩薩が日了の前に跪《ひざまず》く。そのまま細く冷たい繊細な手で日了の頬をゆっくり挟んだ。

ごくり、と日了の喉が鳴る。これから何が起こるか、期待と共に待ちわびていると、菩薩が微かに笑ったようだ。

そのまま唇にあるかなしかの微笑を浮かべ、とても美しい、男とも女ともつかぬ顔がそっと日了の顔へと近づいてくる。

ぬるりとして冷たい、けれども甘い香りのするものが日了の口を塞ぐ。

凄《すさ》まじい喜悦と快感、そして眩《まばゆ》い光に満たされる。極楽浄土とはまさにここだと、焼き切れるような光の中で日了は恍惚としながら考えていた——。

目眩《めくるめ》く菩薩との逢瀬《おうせ》は、いつも唐突に終わりを告げる。

ふと気がつくと、そこに菩薩の姿はなく、蓮の花も虹の靄も消え失《う》せて、部屋は普段通りの殺風景に戻っていた。

心地よい疲労感が全身を満たしていたが、衣服の乱れは少しも無い。

ぼんやりとあの日のことを思い出し、日了は文机に視線を投げる。

文机の上にあるのは、あの緑の虫が入った竹籠だ。明日の朝早く、檀家に泊まっている小野寺に渡しに行くと告げ、日舜から預かったものである。

何も餌など無いのに、その虫は死ぬことも無く今もカサカサと竹籠の中を這い回っていた。

虫を持ってきた檀家の者などそもそもいない。これは、日了が見つけたものだ。

一週間ほど前のこと、竈《かまど》の焚き付けに使う柴が足りず、日了は森山に一人で入った。

寺男にでも任せればよかったが、少し日舜の側を離れて息抜きをしたかったのだ。

日了には自分でも理解している致命的な弱点があった。それは、どうしても悟りには至れないということだ。

日了は今年で二十七になる。

幼少時から仏門に帰依し、そこで神童の名をほしいままにしてきた。どんな経典も簡単に諳《そら》んじられたし、書も達者だ。問答で自分の倍は生きている高僧に勝ったこともある。

しかし、それでも悟れなかった。

何をもって悟りとするのか、悟りとは何なのか、それすらも解らない。座禅を組んだところで何をもって瞑想とするのかさえ摑めなかった。

釈迦《しゃか》の境地に達しようなどとは思わぬが、しかしそれでも届かなければならない場所はある。これこそ、日了にとって初めての挫折だった。

日舜はこのことを知らぬだろう。自慢の弟子としていつか自分の跡を継ぐ事を疑ってもいない。

その純粋な期待が重圧となって、ここしばらくは、日舜の側に居ることそのものが苦痛だったのだ。

柴を探して山の奥へと分け入った日了は、道端に安置してあった祠が壊され、その後ろに置いてあった大岩が粉々に砕けているのを見つけた。割れ方が実に大雑把で、大勢がミノやツルハシで力任せに割ったように見える。

破片の向こうに見える山肌に、ぽっかり大きな穴が空いている。洞穴の入り口だろうか。

日了がその穴を覗《のぞ》いたのは単なる好奇心であり、あくまで偶然に過ぎない。何かに呼ばれたであるとか、勘が働いたという事でもなかった。

洞の中は暗かった。しばらくは何も見えない。

やがて目が慣れてきた頃、日了は空間の中央に、まるで棺のような大きな石の箱が置かれているのを見つけた。

「これは……」

箱の上には石で出来た巨大な蓋が置かれていた。蓋の表面には中心に点のある円が幾つか模様のように刻まれている。

その模様は、蛾《が》の翅《はね》にある目玉模様にどこか似ていた。その模様を見ているうちに、日了は箱の中を見たくてたまらなくなった。

しかし、こんな大きく重そうな石の蓋を一人で開けられるものだろうか。そう思ってなんとはなしに蓋に手を掛けた途端――。

驚くほど軽い手応えとともに、滑るように蓋が開いた。

「！」

驚いて手を離した日了だったが、蓋は止まらず、そのまま地面に滑り落ちる。ゴトッという重い音の後、蓋は粉々に割れてしまった。

それに構わず箱の中を見た日了は絶句した。

箱の中には数十――、いや、数百もの、蚕に良く似た緑色の虫が蠢《うごめ》いていたからだ。

ただでさえ芋虫なぞ気色の良い物ではない。それが狭い箱で押し合いへし合いしている姿はおぞましさの極地であった。

気味の悪さに思わず叫んだ日了は、直ぐにその事を後悔する。口の中に、一匹の虫が跳ねて飛び込んできたからだ。

まさか芋虫が飛び跳ねるなどと思ってもみなかった日了は、虚を衝《つ》かれ、吐き出すより早く噛《か》みつぶす。

ぷぢゅ、というなんとも言えない歯触りの直後、口の中一杯に虫の体液が広がった。

猛烈な吐き気がこみ上げたのは一瞬だった。舌がその虫の味を感じ取ったその時――。

日了は不意に目の奥に、眩《くら》むような光を見た気がした。

今まで心の中にどす黒く凝《こご》っていた岩のような不安や焦りが、まるで白い花弁のようにぱぁっと散っていく感覚に、何故か日了は涙を流す。

美しかった。耳の奥では、美しいか細い声で歌う様に唱えられた経が鳴り続けている。

吐き出したいほど悍《おぞ》ましい筈の虫の体液は、今や天上の甘露にも思えるほど甘く美味《うま》い。

ここではない何処か、それが見えたと感じた。

この虫は、自分にふさわしい何処かへ導いてくれる。

そんな、まるで精神が何処か遥《はる》か彼方《かなた》へ渡るような高揚を覚えた――

瞑想の後、菩薩の来訪後の虚脱の中で、日了はあの時の感動を緩やかに思い出していた。あんな幸福を、日了はいままで感じたことがない。

体中の隅々までに熱が走り、何でも出来るという万能感があった。

あれこそが『悟り』——否《いな》、大悟に違いなかった。

見るもの、触るもの、聞くもの、それら総《すべ》ての因果の糸が理解でき、森羅万象、三千世界の果ての謎まで解ける気がした。

今までどうあがいても辿り着けなかった世界に手が届いた感覚。日了にとってそれがどれだけ救いだったか、おそらくは師の日舜すら解るまい。

正気に返った日了は、その虫を摑めるだけ鷲摑《わしづか》みにし、僧服に入れて寺へと持ち帰った。夜、誰もが寝静まった頃にその虫を喰らい、恍惚の中、幾度も幾度も悟りを開いた。

以降、日了は三日にあげずこの洞に入り浸り、虫を持ち帰るようになっていた。昼間は日舜の面倒を見なければならないし、夜は寺から出てはならない。だから、早朝、皆が起きる前から起きて山へ行き、竹籠にその虫を入れて持ち帰る事が続いた。

今回、日舜に見つかったのもその時だ。

自室に運ぶ途中で日舜に見つかり、咄嗟《とっさ》に『檀家の者がこれを届けに来た』と嘘《うそ》をついた。

そのせいで自分が何をしたかは露見せずに済んだが、甲斐国の林奉行などという訳の分からぬ輩《やから》が現れ、これを処分すると言い出した時は気が狂うかと思った。

折角大悟に至れる方法にたどり着いたのに、またそれが遠のく。命より大事なものを奪われるのかと想った途端――。

　ふっと心の中に閃《ひらめ》きが生まれた。

そうだ、この男を殺してしまえばいいのだ。この男さえいなくなれば――と。

その閃きは正しかった。

背後から刺しただけなのに、小野寺という男は一瞬で死に、殺したという罪悪感さえ生まれなかった。バラバラにしたときのあのあっけなさときたら、諸行無常を感じる暇《いとま》すらなかった。

　これでも、誰にもあの虫を奪われることは無い。あれは自分だけのものだと実感する。

　そうして日了は、改めて平穏を手に入れたのだ。

　先ほどの瞑想と、小野寺を解体していたときの多幸感を思い出し、半ば恍惚としながら、日了は籠の中から新たな虫をつまみ出す。これは明日の分の筈なのに、手が勝手に動いていく。我慢が出来ない。

　一匹目を食べた。

　ぶちゅ、と勢いよく噛むと同時に、目の奥で光が弾けた。無数の三角が明滅しながら現れては消えていき、その間《あわい》に様々な人の営みを幻視する。

　二匹目を食べた。

噛んだ事までは覚えている。しかし、歯が皮膚に触れるより早く、頭の中が黄金の光で満たされた。いや、黄金の光では無く、それは無窮の闇のようだ。試しに軽く腕を振るうと、その無窮の闇を手繰り寄せる事が出来た。触れた箇所が紐のように解《ほど》けていき、そこに眠る万物の智恵を学ぶが如くありとあらゆる真理が頭の中に入ってくる。

三匹目、四匹目と、次々食べ進めるごとにこの世の真理に近づいていく。

これを食らえば自分はついにそこへと『到達できる』。そんな確信があった。余りに眩い光を見つめ続けたせいで、目の奥がチカチカと明滅している。その光すら心地よい。恍惚の表情のまま、日了が五匹目を噛みしめたときである。

焚いてもいないのに、ふわり、と乳香の香りが鼻の孔に届いた。次いで、無感情な声が響く。

「だから日舜殿は、それを処分しようとしたというのに。形は虫でも神は神。人なぞ、実に簡単に作り替える」

日了は慌《あわ》てて手にした残りの虫を咀嚼《そしゃく》して辺りを見回す。行灯《あんどん》を付けているのにも拘《かか》わらず、酷く視界が暗かった。

それでもなんとか声のする方を凝視した日了は、信じられぬものを見た。

違棚の前に、小野寺が立っている。

おかしいじゃないか、確かに心臓を一突きにして殺したはずが、着物には染《し》み一つ無い。それどころか、埋めたはずなのに土も泥も何処にも無かった。

　呆然とする日了に、小野寺が無感情に言った。

「私も試したいこともあったが取りやめだな。お前のようになっては使い道も然然《そうそう》なかろう」

「何を……何を言ってい……」

　あの虫を食べたのに、全く思考がまとまらない。耳に届く自分の声もどこかおかしい。舌がもつれ、涎《よだれ》が止まらなくなっている。

　混乱する日了に、小野寺が目を細めて指摘した。

「なんだ、己の姿も見えぬのか。まるで毒虫だ」

　冷め切った、素っ気ないとも言える声だった。

　反射的に己の手を見た日了は絶句した。痛みは無い。なのに、メキメキと骨がねじくれ、皮膚を巻き込み、手指すらも一つにぐるぐる巻き込まれ、先端に向けて細くなる。まるで雑巾を絞ったときに汚水が迸《ほとばし》るように、皮膚の間から血と肉が混じり合ったモノが零《こぼ》れる。

「ひぃ……!!」

　恐怖に駆られて力一杯両腕を振り回すと、その動きに耐えきれず、ポキンと枯れ木のように手首が落ちた。痛みは無い事が余計に恐ろしい。

捻《ねじ》れた腕を見てへたり込んだ瞬間、身体の自重で腰骨あたりがメキメキと細かく砕け、うまく座ることも出来なくなった。

「ご、が……！」

なんとか立ち上がろうとしてのたうつが、脚の感覚も既に無い。それでも藻《も》掻《が》いていると、ブツン、ブツンと音がして、両足が綺麗に抜け落ちる。

鏡が無い事は幸いだった。もし目の前に鏡があれば、日了は今の自分を直視せざるを得なかったろう。狂うよりもなお始末に悪いことになったに違いない。

そこに居たのは、巨大な一匹の――人の顔をした芋虫だった。芋虫、というには些か醜悪で凹凸が多いが、そうとしか形容できない。

唯一まともな首すらも、メリメリと音がして捻れていく――。

既に人の声では無い絶叫を聞きながら、小野寺が言う。

「私は元々《ひとでなし》であったがな。お前、折角人に生まれたものを、自ら《ひとでなし》になるとは馬鹿馬鹿しいにも程があろう」

その言葉に僅かでも揶揄《やゆ》するものがあれば、日了は多少は救われたかも知れない。侮蔑は人にのみ投げられる感情だからだ。それにより、恨むことさえできれば、こんな姿であってもかろうじて人であれたろう。

けれど、小野寺の言葉は何処までも無感情で、どんな勘定も込められては居なかった。

だからこそ日了は誰も恨むことが出来なくなった。

誰も恨むことが出来ず、痛みさえ無いのに、己が全く別の物に転じていく感覚にただ泣き喚《わめ》こうとするのだが、涙を流すべき目すら、もう人のものではなくなっていく。

やがて日了の身体は黒いどろどろとしたものを吹き出して、溶けるように小さくなった。それは最後の瞬間まで泣き喚いていた様だったが、その声も掠《かす》れ、とうとう何も残らなかった。

「まったく、乳香も反魂香《はんごんこう》も無料《ただ》ではないのに大損だ。多少は本代も残れば良いが」

醒《さ》めた声で言い放つと、小野寺は室内の惨状をまるきり無視し、部屋の中を物色しだした。

その姿は、確かに本人の言うとおり《ひとでなし》にふさわしかった。

四

空から小雪がちらつき始めたのは、小野寺が林奉行所へ戻るのとほぼ同時の事だった。結局日了の部屋に金目の物は殆《ほとん》どなく、小野寺が持ち帰ったのはあの虫だけだ。鞍袋《くらぶくろ》から竹籠を出したあと、厩《うまや》に馬を戻して水と餌を存分に与えて労をねぎらう。もうじき夜明けがくるらしく、最も辺りは暗かった。

こんな時間にもかかわらず、詰所にはまだ人がいるらしい。念のため竹籠を抱えたままで自室へ戻る前に覗いてみると、加当と坂下、そして巡礼らしい僧侶が一人、着の身着のまま泥のように眠っているのが見えた。

加当と坂下は、黒川山で人が消える事件の調査をしていたはずだ。だが、今ここに居るということは、恙無《つつがな》く原因を取り除けたか、或いはその逆、手に負えずに戻ってきたかのどちらかだろう。

とりあえずは話を聞くかと詰所の中に足を踏み入れた途端、小野寺は訝《いぶか》しげに眉を顰《ひそ》めた。

室内には濃い血の匂いが漂い、僧侶の目の上に魔除《まよ》けの札が張り付いているのを見付けたからだ。

よくよく見れば、うつ伏せに寝ている加当の背は着物ごと大きく切り裂かれているし、僧侶は手足を刀の下緒で縛られている。

五体満足なのは壁に凭《もた》れて眠っている坂下だけだが、小野寺が室内に入っても目覚めない所を見ると、相当疲れているらしい。

このままでは、起きるのは翌朝になるだろう。話を聞くのも遅れるし、それは単なる時間の無駄である。

そう判断した小野寺は、坂下を揺り起こし、そのまま加当の元へ行く。寝ていると言うより失神している様に見えた。

片膝をつくと、小野寺はまずは加当に呼吸があるかを確認する。呼吸自体は確かなもので命に別状はなさそうだ。

問題は背中の傷だが、こちらは刀傷のようである。坂下がやったのだろう、金創膏《きんそうこう》がべったり貼られ、一応手当は終わっていた。

「俺を庇《かば》って、そこの坊主にやられたんだよ。化け物も一人でなんとかしたみたいだし、褒めてやれ」

加当の傷を検分していた小野寺に、坂下が大きく伸びをしながら欠伸《あくび》混じりの声で言う。

「何があった？」

短く訊く小野寺に、坂下が腹を掻きつつ、黒川山での一部始終を語る。化け物の話までは無言だった小野寺だが、坂下が宗純――山田《やまだ》浅《あさ》右《え》衛門《もん》について話したとき、初めて「ふむ」と一つ唸《うな》った。

「山田殿がお前を斬ろうとしたのも無理はあるまい。確かに首を切り落とした男が、生きて目の前に現れたのだからな。狐狸《こり》の類いと思われても無理は無い」

「それはまぁそうだろうな。ただ、俺も一度首を斬られてやったんだ、禊《みそ》ぎはもうとっくに済んでる筈だがね」

面倒そうに告げる坂下に、小野寺が視線を動かし素っ気なく言う。

「だが、山田殿はそうは思って居らぬようだな」

坂下は、その視線に誘導されて宗純の方を見た。先ほどまで床に転がっていた筈の宗純は、いつの間にか身体を起こし、こちらの様子を窺っているようだ。

竹籠を傍らに置くと、小野寺は宗純に呼びかけた。

「お久しぶりです、宗純殿。小野寺甚五郎でございます」

小野寺の声に、宗純の身体が僅かに動いた。

「その声は、勘定方の小野寺殿か」

「はい。今は甲斐国の林奉行ですが」

小野寺にしては敬意のある、丁寧な挨拶だ。身構えていた宗純も僅かに力を抜いたのが解る。

「失礼いたします」

宗純に声を掛けると、小野寺はその顔に張り付く札へ静かに触れた。あれほどしっかりと張り付き剝がれなかった札が、一瞬でするりと床に落ちていく。

急に視界が開けたせいか、宗純はしきりと目を瞬かせていたが、すぐにそれは落ち着いた。

宗純はまじまじと小野寺を見ると、ほんの僅かに嫌味を込めるような口調で言う。

「十年ぶりでございますな、小野寺殿。全くお変わりないようで何よりです」

「かくいう貴殿はだいぶ変わられましたな、山田殿」

「今は出家して宗純と名乗っております。そうお呼びくださるとありがたい」

にこりともせずに言う宗純へ、小野寺は淡々と告げた。

「なるほど、出家されましたか。では、貴方《あなた》も他人事ではなくなりましたな」と。

何のことか解らぬと怪訝《けげん》な顔をする宗純へ、小野寺は幾分冷ややかな目を向ける。

「先ほど、西山本門寺へ行って参りましてな。そこで、貴方達のしでかした事を見ましたよ」

意味ありげにそう告げると、思い当たることでもあるのか、宗純が僅かにたじろいだ。

それを見た坂下が大あくびをしながら口を挟む。

「なんだ、そっちもか。黒川山の方にもな、何者かが石碑を壊した跡があったよ」

小野寺は「何をしたのか」は特に説明もしていない。だが、坂下はそれが何かを察したようだ。それを聞いた小野寺が、更に呆れたように言う。

「なるほど。まったく、佐野《さの》様がお亡くなりになった途端にこれだ。公儀《こうぎ》隠密《おんみつ》にそんな事までさせるほど、幕府は困窮しているのかね？」

「……！」

宗純の表情が更にこわばる。堅い口調で問いただした。

「お前達は何を……、いや、一体何処まで知っているのだ？」

「私が知っているのは、武田の埋蔵金とかいう在るはずも無いものを探すため、富士の山に隠された聖域を壊して回る連中がいる、くらいのことですな」

小野寺は冷ややかに言葉を紡《つむ》いでいく。

「まったく、何も知らない連中は、余計なことばかりをする。おかげで今、富士の山はとんでもないことになっているというのに」

物騒なことを言いながらも、小野寺は相変わらずの無表情だ。しかし、宗純の目には、彼が些か腹を立てているようにも見えた。

ふと気がつくと、辺りが明るくなってくる。夜が明けたのだ。

しかし、何故か鳥の声はしなかった。

最終話

道行三人

MICHIYUKI-SANNIN

一

嘉永四年、師走。甲斐国、林奉行所。

日の出前だ。山廻役人の詰め所には四人の男が思い思いに座っていた。

林奉行・小野寺甚五郎、山廻役人の坂下勇悟と加当平九郎、そして宗純という出家である。

小野寺の持っている箱からは、カサカサと何か小さいものが動き回る音が絶えず聞こえた。生き物には違いないが、随分軽い。

「あんたが本でもないものを、そんなに後生大事に抱えているのは珍しいな。中身はなんだ？」

妙に光る目をした坂下が、興味津々《しんしん》で訊ねる。その箱からはなんだか美味《うま》そうな気配がしたからだ。急に襲ってきた食欲のせいで完全に目が覚めている。怪我《けが》のせいで寝たままだった加当も興味があるのか、むくりと身体を起こしていた。

好奇心を隠そうともしない部下を一瞥《いちべつ》し、小野寺が呟《つぶや》く。

「そうだな。宗純殿にも見て頂いた方が話が早いかも知れぬ」

　そのまま手にした箱を床に置き、あっさりと蓋を開けた。

「うッ……」

　中を覗《のぞ》いた加当が呻《うめ》く。その声には嫌悪の色が濃い。

　箱の中には、翠《みどり》色をした蚕によく似た芋虫が十匹ほど入っていた。うぞうぞと、まるでごんずいのように絡《から》み合っている様は確かに気色が悪い。

　秋の頃に起こった事件のせいで、加当は蚕はもとより芋虫を見るだけで気分が滅入るようだった。小野寺も坂下もその事を知っているが、いちいち気を遣うこともしない。

　坂下が不思議そうに訊ねる。

「中身が蟲《むし》ってのは尚更意外だな。これは何て蟲なんだ？」

「常世神《とこよのかみ》だ。こんな形《なり》でも神としてあがめられていたこともあったのだ」

「あった？」

　小野寺の言葉が過去形であった事に引っかかり、坂下がわずかに片眉を上げて訊き返す。小野寺は、翠の蟲から目を離さずに言った。

「皇極《こうぎょく》天皇の御代の話だ。駿河の西山《にしやま》村あたりに大生部多《おおふべのおお》という男がいたという。大生部多は蚕に似た翠の蟲を常世神だと言い、この蟲を祀《まつ》れば働かずとも貧者は富み、老人は若返ると説いたそうだ。巫覡《ふげき》もまた託宣によりそれを裏付けたため、多くの者がこの蟲を祀り、供物《くもつ》を捧《ささ》げて歌い舞ったという」

「へぇ。拝んでるだけでいいのか。そりゃあ楽だな」

茶化すような坂下の言葉にも、小野寺は淡々と答える。

「だからこそ、為政者にとっては恐ろしい。百姓が働かないことには年貢《ねんぐ》も取れん。それなのに、これがまた近隣だけでなく京の都にまで聞こえる程に流行《はや》ってな。皇極天皇の命により秦河勝《はたのかわかつ》が軍を率いて駿河くんだりまでやってきて、大生部多を打ち据えることでようやく収まったとある。その騒ぎの元である常世神がこの蟲だな。よもやこの目で見ることがあるとはな」

どこか感心したような小野寺に坂下が訊く。

「ふぅん。実際、この蟲はどうだったんだ？　わざわざ帝がこんな所まで軍を遣わしたってんなら、本当に御利益《ごりやく》はあったのか？」

その問いに、小野寺が僅かに唇の端を歪《ゆが》めた。嗤《わら》っているのだ。

「さぁな。ただ、蚕は元々は天から遣わされた蟲であるという。だから、そこらの蟲とは違うのは確かだ。おまけに人の言うことを聞き過ぎるから、不老不死を与える蟲になってくれと願われればわからんな」

皮肉とも嫌悪ともつかぬ不思議な物言いのあと、小野寺は宗純を見やり言った。

「元々この辺りは《神》が良く涌《わ》く土地でしてな。ま、《神》とはいうが、要は化け物。

しかも人に仇為《あだな》すというより、それに触れた人間が神気に当てられて、己の中の闇をぶちまけては勝手に破滅していくだけですから、尚更タチが悪いのです」

「う、うむ……」

神だの何だのの話をされて、宗純はかなり戸惑っているようだった。言葉を濁し、黙ってしまう。妙な沈黙がしばらく続く。

それを破ったのは今まで黙っていた加当だった。

「己の中の闇……」

思い詰めたようにぽつりと呟く。加当の胸中では、今年の梅雨から始まった一連の事件が渦巻いているのだろう。嫌悪と同情のようなものが混ざり合う、なんとも複雑そうな表情だ。

小野寺がにべもなく言った。

「触らぬ神に祟《たた》りなし、とはそういうことだ」

神とは何かしてくれと願うものではなく、頼むから何もしないでくれと願い、宥《なだ》め賺《すか》すものなのだ。それが解っていない者が気安く神に触れると竹篦《しっぺい》返しを喰らう。小野寺が言っているのはそういうことだ。

その言葉に詰め所には重い空気が流れる。

しかし、坂下はあまりそういうことには興味が無かった。空気などまるで読まずに、小野寺の手の中にある箱を覗き込んで訊く。

「ま、そんな話より、これは随分と美味そうだ。喰っても良いか？」

いささか悪趣味なその問いに、小野寺がそっけなく答えた。

「やめておけ。先刻これを喰った奴が成れ果てるのを見たばかりだ」

「ちぇっ、つまらんな。そんな物好き、俺以外には居ないと思ったが」

坂下のぼやきを小野寺が鼻で笑う。

「世間は狭いということだ。これほど曰くある土地でも、人はどうしても住み着いてしまうからな。人が住めば変わり者の一人や二人出てくるものだ。駿河や甲斐は水も豊かで気候も温暖だし、土も肥えているのだから尚更だろう」

「だとしても限度があるだろう。天子様から兵を送られるような物騒な神が涌くような場所だぞ？　何かあったらどうするんだ」

呆れたように言う坂下へ、小野寺が素っ気ない口調で答えた。

「故に、人が住んでも構わぬよう、何者かが人に仇為す《神》がこちら側に出てこられぬようにした。おかげでそこまで大事にはなっていないな」

「ようにしたって……どうやって？」

「富士の山にある黄泉《よみ》への道を封じたのだ」

事もなげに言う小野寺に、二人の話を聞いていた加当が思わず訊き返す。

「黄泉への道……!?」

「富士の周りには氷穴だの風穴だのと呼ばれるものがあるだろう。あれらは大体黄泉へとつながる。そんなものがあるからこの辺りには神が涌くのだ。だからその穴を閉ざさざるを得なかったのだが、この辺りだと役小角《えんのおづぬ》やら空海がそれを行ったという言い伝えが多いようだな」

「空海……ってことは弘法大師か。本当に何処にでもいる坊主だな」

　坂下が面白そうに呟いた。空海が温泉を涌かせただの、鬼を退治しただのという伝説は全国各地にある。それを茶化しての発言だったが、しかし小野寺は眉一つ動かさない。

「あくまで言い伝えに過ぎぬがな。ただ、富士の封印というものは、空海ほどの大物が関わったという伝説が生まれるほどに大がかりなものだったという事だろう。ま、いずれにせよ千年以上は昔の話だ、正確なことなど誰にも解らぬ」

　些《いささ》か不機嫌な様子で云うと、小野寺は改めて宗純を見据える。その目をひたと見ながら言った。

「……さて。そんな風に先人達が道を封じてきた土地を、近頃よそ者が荒らして回っておりましてな。そのせいで厄介なものが目覚めて這《は》い出てくる有様なのです」

　困ったものです、と問いかける小野寺へ、宗純は沈黙したまま答えない。ただ、その目が僅かに細められる。その沈黙こそ答えのようなものだろう。

「なるほどなぁ。ここ最近、妙な事が続いたのはそういうことか」

感心したように坂下が呟くと、加当もまたこくりと頷《うなず》く。

「黒川《くろかわ》山でもそうだった」

何気なく云った言葉だったが、それを聞いた小野寺の目がちかっと光った。

「そういえば、お前がそうなった理由を聞いておらぬな。何があった」

「それは……」

小野寺の問いに、加当が一瞬口ごもる。しかし、促すように一瞥されると、意を決したように口を開いた。

川岸でバラバラにされた人間を見つけた直後、霧に包まれて不思議な場所へ引きずり込まれたことや、女のささやき声と共に幾本もの白い腕に体の中が引き裂かれたこと、諏訪大明神の力を借り、なんとかその窮地から脱したこと等を、やけに歯切れ悪くぼそぼそと説明する。坂下の目には、どことなく言い訳する子供のようにも見えた。

「五十五人淵の碑が真っ二つに割れていたんだ。あれは確か、あそこで皆殺しにされた遊女のための碑だったろう」

普段以上に口が重い加当に代わり、坂下が補足してやる。それを訊いた小野寺が、醒めた目をして加当に訊いた。

「お前が聞いたその声だが、おそらくは聞き覚えがあったはずだ。誰の声だ？」

加当は一瞬ためらうようなそぶりを見せたが、しかし、観念したように口を開く。

「それは……。あの女……、母親だ」

母親という言葉に、坂下は加当が躊躇《ためら》った理由を得心した。いい年をして母親の声に惑わされて不覚をとった事を認めたくなかったのだろう。こいつも案外可愛気があるな、と妙に感心する。

加当の言葉を聞いた小野寺があっさり言った。

「なるほど、やはり肉吸いか」

「肉吸い？」

「この辺りに伝わる餓鬼の一種だ。獲物の心を読み、そこに深く刻まれた情念を用いて動けぬように縛り付ける。そうして動けなくなった獲物の血肉を啜《すす》るという」

それを聞いた加当がいっそう複雑な顔になる。

事の成り行きを見守っていた宗純が、僅かに苦く呟いた。

「……深く刻まれた情念、か」

どこか思い詰めたような声だった。

「そういやあんたも女の名を呟いていたっけな。何を見たんだ？」

坂下の問いに、どこか上の空で宗純が答える。

「……私が初めて処刑した女を見た」

「ふぅん、そいつは奇遇だな」

宗純の言葉に、気のない風に坂下が呟く。

「俺も昔殺した女を見たよ」

さらりととんでもないことを告げる坂下だが、何かをじっと思案している風情の宗純はその事にすら気付いていないようだった。上の空で坂下の言葉を聞き流し、小野寺が持つ箱にじっと視線を注いでいる。

何故か、かさかさと箱の中を這い回る蟲の音が大きくなった。

それを聞きながら、宗純が諦めたように低い声で語り出す――。

「……拙者が甲斐国に入ったのは、松平《まつだいら》様の命でござる」

宗純は、いつのまにか武士の口調に戻っている。その事に気付いた小野寺が、さりげなく訊いた。

「松平様……。もしやご老中の松平忠優《ただます》様のことですかな？」

「左様。正確に言えば此度の件は幕府の総意というより、松平様個人の命令に近いでしょうな」

松平忠優は上田藩の藩主であり、寺社奉行から老中にまで上り詰めた男である。寺社奉行時代には蘭学者弾圧を批判し続けたために水野《みずの》忠邦《ただくに》に睨《にら》まれ、一時はお役御免となった事もあったという。小野寺が鋭く訊く。

「何故ご老中が甲斐国に公儀隠密を？　公私混同するような方とは思えませぬが」

それに答えるように、宗純は言葉を続けた。

「ここしばらく、立て続けの飢饉《ききん》や不作で、幕府の財政が急激に苦しくなっているというのは小野寺殿もご存じでしょう」

「ええ。甲斐国だけとはいえ林奉行のお役目が復活したのも、元はといえば僅かでも財政再建の足しにする為ですからな」

小野寺の言葉に宗純が深く頷く。

「その通り。そして、それが松平様が甲斐国へ公儀隠密を放った理由でもあります」

「林奉行の復活が、ですか？」

初めて小野寺が意外そうな顔をした。

「左様。正確には、小野寺殿が林奉行に就かれた事が、ですが」

一旦言葉を切ると、宗純はじっと小野寺の顔を見る。

「某《それがし》が聞き及んでいる理由は概《おおむ》ね二つ。一つは林奉行は奉行職ではあるものの、そこまで旨味《うまみ》のある役職ではない。にも拘わらず、小野寺殿は林奉行として甲斐に赴かれてから随分と羽振りが良くなった事。せいぜいが百俵扶持《ぶち》であるにも拘わらず、目玉の飛び出るような稀覯《きこう》本を買いあさっておられるとか」

　あまりに単刀直入な言葉だったが、小野寺は表情一つ変えない。しかし、宗純の刃のような追及は止まらなかった。

「そして二つ目は、小野寺殿の氏素性が幾ら調べてもはっきりしない事にあります。わかるのは小野寺殿を推挙されたのが、水野様の補佐を務めていた者だという事です。松平様は水野様に失脚寸前まで追い詰められておりましたからな。裏があると思われても当然でしょう」

　一気呵成に喋《しゃべ》りおえた宗純に、坂下が茶化すように言った。

「なるほど、ご老中にまで上り詰めるお方は考えることが違うねぇ。老中ってのはそんなに暇なお役目なのか？」

　不敬も良いところの言葉であったが、それを無視して宗純は更に続ける。

「甲斐国には昔から金山があり、更には武田家の埋蔵金伝説がある。そんな甲斐国の林奉行になった男は氏素性がはっきりしない。この男を推挙したのが、かつての政敵だった事から、松平様は貴殿のその身辺を洗い埋蔵金を探すために公儀隠密として幾人かを甲斐国に侵入させた。それが我らなのです。しかし……」

　糾弾するような激しい物言いから一転、宗純は困惑気味に更に続ける。

「しかし、実際に甲斐国に来てみて、僅か二日のうちに人外の力で引き裂かれた死体や死者と再会するという怪異にあってしまうと、根本が間違っているのではないか、という気になってしまう」

「根本？」

怪訝《けげん》そうな顔で訊ねる小野寺に、宗純は困惑を隠さず言った。

「はい。この地には埋蔵金など存在しない。土の下に埋まっているのはもっと厄介なものであり、それこそ小野寺殿は単純にその厄介なものを鎮めているだけなのでは、と」

宗純は確かに困惑しているようだが、その目は真剣そのものだ。探りを入れるというよりも、大上段に切り込んで真実を知りたいという気概があった。

小野寺はいつものように醒めた目で宗純を眺めていたが、やがてほんの僅かにその視線を和らげて苦笑する。

「山田殿は隠密には向きませぬなァ」

「小野寺殿？」

急に小野寺の雰囲気が和らいだ事についていけず、宗純は困惑するばかりだ。小野寺は苦笑したまま言った。

「山田殿の読みは概ね当たっている。そもそも武田家に埋蔵金などあるわけがないのです」

「埋蔵金が、無い……」

「家が滅びるか否かの瀬戸《せと》際《ぎわ》に、隠し金を取っておく余力などあるわけがありませぬ。

ありったけの軍資金をつぎ込んで、兵や武器、そして馬を揃《そろ》えて戦に臨むものでしょう。金など勝てば相手からいくらでも搾り取れるが、負ければ逆にこちらが尻の毛まで毟《むし》られる。そういうものです」

小野寺の説明に、宗純も納得したのかぎこちなく頷いた。それを確認し、小野寺は更に続ける。

「確かに水野様に辛酸をなめさせられ続けた松平様が、水野様に関係する者を警戒するのは無理もない。ですが、生憎《あいにく》私は政《まつりごと》には興味が無いのです。私がここに居るのは――」

そう、小野寺が何かを言いかけたその時だ。

ドンドンと林奉行所の門が激しく叩《たた》かれる音がした。門を叩いているのは一人や二人ではない。少なくとも五人以上はいるようだ。

「何だ？」

訝《いぶか》しげに呟くと、坂下は門を見に行くためにひょいと立ちあがる。加当もついて行こうとしたようだが、傷の方が芳《かんば》しくないのか、直ぐに呻いてその場に蹲《うずくま》ってしまった。

「いいからお前はそこにいろ。俺も様子を見てくるだけだ」

声を掛けつつ、坂下はさっさと奉行所の門まで一人で進む。大門ではなく薬医《やくい》門《もん》から顔を出すと、近隣に住む百姓達が十人以上は集まって押し合いへし合いしているところだった。

「あっ、坂下様！」

百姓の中の一人が薬医門にいる坂下に気付くと、慌《あわ》てた様子で駆け寄ってくる。

「大変です、坂下様！　村中の鶏が一羽残らず消えちまった！」

「鶏？　盗まれたって事か？」

坂下に気付いた他の百姓も、血相を変えて坂下の周りに集まる。皆、口々に、飼っている鶏だけでなく森中の鳥という鳥が消えてしまったと訴えた。

彼等の話を聞くうちに、坂下もふと気付く。もうとっくに夜は明けているのに、そういえば鳥の声が何処からも聞こえないのだ。

先ほどの小野寺と宗純の会話が頭を過《よぎ》る。

「まさか……」

小さく呟く。

鳥の姿を求めて思わず見上げた空は、風でもあるのか、雲が早い。

不吉な予感には、全く似つかわしくない空だった。

二

百姓達が押し寄せてから、およそ一刻《いっとき》が経《た》っていた。彼等の相手は、次々に出仕してきた役人達がしている。

坂下も同じように同僚達に混じって百姓達の話を聞いてやっていたが、その場には加当だけがいない。

加当は今、小野寺の手で胴体を治されている最中だった。

小野寺の見立てでは、加当は腹の中をだいぶかき回された上、骨から肉が離されているという。背中の傷だけでも結構な重傷なのに、中身はそれ以上に酷《ひど》いという話だった。宗純の刀から庇《かば》ってもらっている身としては、流石《さすが》に少しは心配もする。

とはいえ加当は特別なので、胴体を取り替えさえすればなんの問題も無く直るらしい。

それもなかなか気楽で良いな、と坂下は熱心に百姓の話を聞いてやる振りをしながら考えていた。

昼を過ぎ、百姓の数も目に見えて減った頃だ。幾分青い顔で加当が坂下の元にやってきた。何事も無く立って歩けるということは、もうすでに加当は小野寺によって直された後なのだろう。

「坂下殿、小野寺様がお呼びだ」

流石に人目があるところでは、加当も坂下や小野寺をかしこまったふうに呼ぶ。この奉行所で一番若いので当然と言えば当然だが、こういうときの加当は借りてきた猫のようで毎回面白い。

「おう、わかった」

坂下は軽く返事をして加当と肩を並べて小野寺の待つ奥へ行く。

ちらっと加当の顔を覗くと、顔色がだいぶ悪い。口を固く結び、頬を強張らせているのが見えた。

顔色が悪いのは怪我のせいというよりも、おそらくは朝に聞かされた話のせいにちがいない。

――若いというか、青いなァ。

子供と言うほど幼くは無いが、大人になりきれない部分を抱える同僚を眺め、坂下は腹の中で呟いた。

――ま、あんな話を聞かされちゃあな。

廊下を歩きながら、朝の事を思い出す。

「火を付けるとき、いきなり薪に種火を近づけても燃えはせぬ。しかし、杉の葉から始めて徐々に大きいものをくべていくと、あっさりと薪にも火が付く。災いもまた同じだ」

百姓達をあしらった後、小野寺は常世神の入った箱を見ながら呟いた。何故か今は、箱からあの蟲の這いずる音が聞こえない。それを気にしつつも坂下は、全く違う事を訊いた。

「ふむ。その蟲が杉ッ葉か。で、そんな厄介なのが出てきたとして、一体どうする？　俺等の手に負えるのか」

本当は手に負えるのかというよりも喰えるのかと訊きたかったが、さすがにそれは品に欠ける。

その問いに小野寺は微動だにせず言い放った。

「何、簡単だ。別に殺さずとも方法はいくらでもある」

その答えに、流石に神は喰えないのか、と坂下は内心落胆したが色にも出さない。

「例えば、どんな方法だ？」

特に興味も無い問いだったが、返ってきた答えには度肝を抜かれた。小野寺は本当に他人事のように言い放ったのだ。

「私がそれに喰われれば良い」

と。

「小野寺の旦那が……喰われるだって!?」

坂下よりも早く反応したのは、いままで黙って寝ていた加当だった。がばっと上半身を起こし、叫ぶように訊き返す。

余りに勢いよく身を起こしたせいで傷が開いたのだろう、叫んだ直後にまた加当は床に這いつくばる羽目になったが、しかしその目は小野寺をひたと見たままだ。

悲痛さまで滲《にじ》ませた加当とは裏腹に、小野寺はまったく普段通りの声で言う。

「それはそうだ。私はそのために作られたのだからな」

「作られた……？」

聞き違いかと思ったが、そうではなかった。小野寺は少し思案してから、「まぁ隠し立てしている訳でもないからな」と独りごち、ようやく一同をぐるりと見回す。

「撰集抄《せんじゆうしょう》というものがある。かの西行《さいぎょう》法師の手によって著されたとされている書物だが、その撰集抄の近衛《このえ》本《ぼん》と呼ばれる写本に、西行法師が高野山の奥で修行した際、人恋しさの余り荒野で人骨を集め繋《つな》げて蘇《よみがえ》らせる儀式をしたという話があるのだ」

「ふむ。それは成功したのか？」

「いや、失敗だった。撰集抄によれば『人の姿に似侍《はべ》れども、色も悪《あし》く、すべて心も侍らざりき。声はあれども、絃管《げんかん》の声のごとし』といった有様だったそうだ。ま、西行は呪術が下手だったということだな」

「西行は……ってことは、上手い奴が作ればそんなことは無い、ということだな」

察した坂下が訊ねると、小野寺が深く頷く。

「四条《しじょう》大納言や伏見《ふしみ》中納言などはその呪法の名手だったようだな。西行は荒野で死人の骨を集めると、それに砒霜《ひそう》を塗りたくり、草の蔓でそれをつなぎ合わせて人の形にしたそうだ。その後風が通らぬ場所で十四日間沈香《じんこう》を焚いて反魂《はんごん》の秘術を行った。しかし、それを知った伏見中納言は、『間違いは香を焚いた事にあり、香ではなく乳を焚け』と指示している。つまり正しい方法でなら、まともな人の形をした物も作れるということだ」

「結構具体的な方法が残ってるんだな。それならばいくらでも反魂の術で生まれた連中がいそうなもんだが……って、まさか……」

感心したように呟いた坂下だったが、ふとある事に気がついた。思わず言葉を飲み込み、小野寺を見てしまう。小野寺はその視線を平然と受け止め言った。

「ああ、それが私だ。作られてから何百年かは公家侍としてその家に仕えていたが、ある時、偶然にも佐野《さの》某という幕府の役人に見込まれてな。この方は水野様の側近であった故、誘われて江戸へ行くことになったのだ。有事の際にはいつでも喰われる事になるから、所在が直ぐ解る役人というのはどちらにとっても都合が良い」

「なるほどなぁ。反魂の法にて砒霜が使われてるから、あんたの身体そのものが毒なんだ。これで合点がいったぞ」

今度こそ坂下が感心すると、小野寺はそれを補足するように言う。

「ああ。そもそも私が作られたのは、神殺しの毒を代々受け継いでいたさる少納言の命らしい。この辺りで巨大な蛇のような蟲の形をした神が涌いた際、少納言の娘が毒を飲み、その身を捧げた。務めとはいえ少納言殿はそのことで心を痛め、後世にまた同じようなことがあった折はどうにかしたいと、そういうわけだな。故に私の体には、砒霜だけではなく少納言の家に伝わる神を殺す毒も混ぜてあるそうだ」

「神をも殺す毒かぁ……」

　ますます感心したように呟く坂下へ小野寺が言う。

「そういうわけで、私を喰えばどんなものでも死ぬ。神とて例外ではないということだ」

「試したこともないのにか？」

「失敗したところで、私が喰われた後のことなど知ったことではない」

　やや意地の悪い問いだったが、気を悪くするどころか、小野寺の返事はむしろ素っ気ない。

　加当は最後まで黙っていたが、その目は妙に光っていた。

——あそこでなりふり構わず言わないところは、流石に分別があるんだろうなぁ。

　怒ったような顔で廊下を歩く加当を眺め、坂下はそんなことを考える。難儀なことだと少し思った。

小野寺はいつものように奥の部屋にいた。一応は執務を行う部屋である筈《はず》なのに、相変わらずの本の山だ。窓の側にある文机で何かしたためているらしい。

宗純が部屋のど真ん中で所在なげに座っているのが面白かった。部屋の隅はうずたかく書物が積んであるため、真ん中にしか居場所がなかったのだろう。

「小野寺さん、呼んできたぜ」

部屋に入って開口一番、少し怒ったように加当が小野寺に声を掛ける。小野寺は書き物をしていた手を止めると言った。

「――来たか」

そのまま無造作に立ち上がると、坂下と加当を無視して、宗純の方を見た。

「では、そろそろ行きますか。富士の洞穴は冷えますからな、厚着をされるといい」

「おいおい、呼び出しておいて何の説明もないのかよ」

さすがに坂下が文句を言うと、小野寺が相変わらずの表情で答えた。

「それもそうだな。では、富士山まで行ってくる。ここの始末は頼んだぞ」

「始末って何だそりゃ」

唐突な言葉に意表を突かれて坂下が訊き返す。

加当も困惑したような顔で訊いた。

「まだ何も起こっていないのに、なんでそんなところへ……」

加当の言うとおり、目に見える被害は何も起こっていない。坂下にも小野寺の行動は些か性急に見えた。

　しかし、小野寺は静かに首を振る。

「それは違うな。鳥が逃げたという一点だけでも、既に由々しき事態になっている。鳥というのは昔から先触れを知らせる生き物だからな」

「だったら、俺もついて行きます。何かあったら……」

　確実な別れの予感に、耐えかねたように加当が言った。だが、小野寺は無造作に首を振る。

「要らん。子供の使いでもあるまいし、雁首《がんくび》ならべて何になる」

「だったら何故、山田様は連れていかれる？」

　にべもない物言いにも怯《ひる》まずに食い下がる加当だったが、しかし、あっさりといなされた。

「山田殿は公儀隠密だ。この顚末《てんまつ》を幕府に報告してもらわねば、またぞろありもしない埋蔵金を探して封印を壊して回る。また妙な化け物が出てきたら、流石に私の死に損だろう」

　それを聞いて黙ってしまった加当を尻目に、小野寺が坂下に言う。

「それでは行ってくる。あとの事は頼むぞ。大半は書の始末だろうが、売れた分はお前達で分けろ、手間賃だ」

「本屋の伝手なんぞ俺には無いが」

坂下の言葉など小野寺には予想済みだったらしい。

「なに、もうじき頼んだ本が届く予定だ。それを読むことは出来ぬが、ちょうど良い。届けにきた者へ金と一緒にこれも渡せ。あとはその者が始末してくれる」

素っ気なく言うと、小野寺は坂下に先ほどまでしたためていた書を渡す。坂下が開いてみると、本屋に書の買い取りを依頼する旨が書いてあった。

「お前なぁ……」

そつが無いというのが正しいのだろうが、なんとなく坂下は呆れてしまう。小野寺は、本当に己というものに対して何の価値も見いだしていないと感じたからだ。

「では、そろそろ参りましょう。日が暮れる前には目的の場所に着かねばなりませぬので」

呆れる坂下を無視し、小野寺は宗純に声を掛ける。宗純は黙って頷くと、僧侶よりも武人側に傾《かぶ》いた仕草で立ち上がった。

その様子をぼんやり見ている二人の側をすり抜け、小野寺と宗純は普段と全く変わらぬ歩調で部屋を出て行く。何の気まぐれか、すれ違った瞬間に小野寺が俯《うつむ》く加当の肩をぽんと叩いた。

「！」

はっとして加当が顔を上げたが、その時にはもう小野寺は廊下に出て、すたすたと歩き出している。

何か言いかけるが言葉が出ずに、加当はただ遠ざかるその背を見つめることしか出来ない。

その背はまるで、寄る辺の無い子供のように見えた。

三

その晩の事である。

青木《あおき》ヶ原《はら》の樹海の中には、珍しく二つの影があった。

暮れ六ツを過ぎた頃か。彼等が手にする提灯《ちょうちん》だけが仄《ほの》かに周囲を照らしていた。

冬の夜は夏の頃よりも更に闇が濃い気がする。地面が溶岩であるために、ここに生えている木はみな地下に根を張ることが出来ない。そのため木々は地表をうねるように根を這わせ、人や獣の足を取るのだ。

しかし、これほどまでに暗いというのに、樹海を行く二つの影が転ぶことは終《つい》ぞなかった。まるで平地を行くが如《ごと》くの足取りで、どんどん樹海の奥へ奥へと進んでいく。

半刻《はんとき》ほど歩いただろうか。先を行く痩《や》せた影の足がぴたりと止まった。

「ここだ」

小野寺の声である。目の前には大きく地面がえぐれた、深い穴が空いている。溶岩の地面であるが故に、びっしりと苔《こけ》が生《む》して青く見える事から、ここを青木ヶ原と呼ぶのであるが、穴の周りに苔はなかった。

ただ、ごうごうと冷たい風を吐き出すぽっかりとした空洞があるばかりだ。

小野寺はその穴を見つめながら、背後に立つ宗純に言った。

「ここに入るときは、腹に力を入れておかねばあっさりと我を失う。数多の罪人の処刑をしてきた貴殿なら心配は要らぬと思うが、ゆめゆめ油断なさらぬよう」

「あいわかった。しかし、ここは……」

頷きながらも訝しげに問い返す宗純に、小野寺は素っ気ないほど淡々と説明する。

「前にもお話ししたとおり、富士の麓は黄泉と繋がっております。これがその入り口です」

古来富士の樹海には、幾つもの洞穴が蟻《あり》の巣のように存在している。それは天然の氷室であり、中は真夏でも氷が溶けることは無いほどの寒さを保つ。

「死霊《しりょう》の類いは生き物の熱を奪うことで力とする。幽霊が現れるときに寒気がするのはそういうわけですが、ここの寒さも同じような理由です」

「なるほど。つまりこれは死が吐く風、という訳ですか」

言いながら、宗純は穴に向かって手を合わせた。小野寺は提灯を手にそれを無言で眺めていたが、やがて頃合いと見て口を開く。

「さて、そろそろ参りましょうか」

「はい。では」

二人は連れだって地の底へ向かって脚を進めた。

穴の縁には斜めに道が付いている。手元の仄かな明かり一つを頼りに暗闇へ降りていく感覚に、宗純はふと伊邪那岐命《いざなぎのみこと》の冥界下りを連想した。

――なるほど、地獄といい冥府といい、死者の国は地の底にあるのだった。

宗純は決して臆病な質ではない。山田浅右衛門の名を継いで長いこと首切りに携わってきた事でも解るとおり、むしろその辺の武士より肝が据わっているほうだ。

そんな宗純でも、この穴を下ることには本能的に恐怖を覚える。確実に死に近づいているという感覚があった。

しかし、前を進む小野寺からは恐怖はもちろん、何の感情も伝わってこない。風の無い時の水面《みなも》のようにどこまでも平らでさざ波一つないようだった。

――この御仁は、本当に死を恐れていないのだな。

小野寺の背を追う宗純の心には、畏敬の念さえ浮かんでいた。

洞穴は、まるで迷路のように曲がりくねり、距離も時間も解らなくなる。提灯の中のろうそくが溶けて少しずつ軽くなっていく事だけが、僅かでも前に進んでいるという実感を与えていた。


しばらく闇の中を無言で進んでいた二人だったが、提灯の中のろうそくがだいぶ短くなり、明かりがちらつくようになった頃。小野寺が不意にぴたりと足を止めた。

あまりに唐突だったため、宗純はその背にぶつかりそうになってしまう。蹈鞴《たたら》を踏むことで衝突は避けられたが、代わりに小野寺よりも前に足を進めてしまった。

「おっと……!?」

足を踏ん張り転ばずにすんだが、宗純は急に広がる視界に戸惑う。手にした提灯の明かりの広がり方が先刻と全く違うのだ。

視線を地面から前方に向けた宗純は、思わずあっと叫んでしまう。

「これは……！」

視線の先にあったのは、巨大な繭だった。明かりの広がり方が違うのも道理で、その繭が提灯の明かりをきらきらと乱反射させている。その辺の繭とは大きさが桁違いだ。幅は一町はあるだろうか。高さや長さに至っては見当も付かない。

繭を作るのは夜霧が凝《こご》ったような白い糸だ。こんなに大きいのに、一本一本は蜘蛛《くも》の糸より細そうだった。明かりなどほとんど無い洞穴の中で、まるで絖《ぬめ》るように光っている。

昔話には手を突いた場所が湖になるという程に大きい、だいだらぼっちという巨人が出てくるが、宗純はおもわずそれを連想してしまった。

――こんな面妖なものから生まれる神がいるというのか。

驚愕《きょうがく》と恐怖が入り交じった感覚に、思わずゴクリと喉が鳴る。小野寺が静かに言った。

「間に合いましたな」

いつの間にかぐっしょりと汗をかいていた宗純に対し、小野寺は冷や汗すら浮かべていない。

「これが、神……なのか？」

驚愕のあまり、宗純は敬語を使うことすら忘れていた。

「そうですな。正しくは〝神のようなもの〟ですが」

そっけないと思ってしまうほど、小野寺の声は冷静だ。

「〝神のようなもの〟……」

呟きながら宗純は、巨大な繭から目が離せなかった。

恐怖はある。

しかし、それを凌駕《りょうが》するほどの思いが胸を満たしていた。母に甘えていた幼き日の情景が何故だか浮かぶ。

それは『還《かえ》りたい』という感覚に近いだろうか。

気がつくと宗純は泣いていたようだ。目から滂沱《ぼうだ》と涙が溢《あふ》れ、頬を伝って地面へと滴り落ちる感覚を今更覚え、はっとする。

ふと、望郷という単語が頭を過り、宗純は慌てて首を振った。

――こんな場所が故郷である筈がない。だが、これは何だ？

「何故儂《わし》は、こんなものに懐かしさを感じるのだ？」

握った拳で両の目を拭う宗純を見て、小野寺が口を開いた。

「私にはよく分からぬ感覚ですが、こういうものと遭遇した人間は必ず心の中の最も柔らかい部分を思い出すそうですね」

「柔らかい……」

それは弱さということか。自分だけでは無いことに安堵《あんど》しながらも、宗純には疑問しかない。

「そもそもこれは何なのだ？　何故こんなものがここにある……？」

淡々とした口調で小野寺が説明をする。

「これは、死ぬことを許されぬ数多の魂の成れの果てですな」

「死ぬことを……許されぬ？」

鸚鵡《おうむ》返しに繰り返す宗純に、小野寺は更に続ける。

「伊邪那岐命の霊界下りの話はご存じですか？　死んでしまった伊邪那美命《いざなみのみこと》恋しさに、伊邪那岐命が黄泉の国まで下るという話です」

　それは勿論《もちろん》知っている。黄泉の国でようやく会えた二人だったが、伊邪那美命が戻るためには黄泉《よもつ》神の許しがいる。妻は夫に「自分が黄泉神と相談している間は決して中を覗いてはいけない」と戒めた。しかし、いつまで経っても彼女が出てこないことに業《ごう》を煮やした伊邪那岐命は、約束を破り中を覗いてしまう。すると、そこにあったのは腐敗しきって蛆《うじ》が集《たか》り、全身に八雷神《やくさのいかづちがみ》が成る妻の姿だったのだ。

　その姿を畏れ伊邪那岐命は命からがら黄泉から逃げ出し、追ってきた伊邪那美命が出てこないように黄泉と地上との境目を岩で塞いでしまった、という伝承だ。

　宗純が頷くのを見て、小野寺が静かな声で話を続けた。

「伊邪那美命は、逃げ去った夫に『お前の民を一日千人殺す』という呪いをかけました。それに対し伊邪那岐命は『それならば私は一日千五百人の子が生まれるようにする』と答えた。これは伊邪那岐命が伊邪那美命の呪いを跳ね返したという見方をする者が多いが、実際は少し違いましてな」

「違う？」

「左様。伊邪那美命がかけたものは『死者が出ても千人しか受け入れぬ』という呪いでもあったのです。それに対し伊邪那岐命は生まれてくる人間を増やすという方法を選んでしまった。つまりそれは、死んでも黄泉国に行くことが出来ない魂がある、という事なのです」

「日に五百人もの魂が黄泉に逝《い》けぬのか……」

宗純がゾッとしたような表情で呟く。小野寺は巨大な繭を見上げて言った。

「富士の下にある洞穴は、しばしば胎内に見立てられます。それは死にきれなかった魂がなんとかして死ぬか、あるいは富士の霊脈を産道に見立て、なんとかして生まれ変わろうと彷徨《さまよ》うことが由来です。しかし、そんなことが叶うわけがない。それらはこの洞穴を彷徨ううちに記憶も何もかもを擦り切らしていくだけです。擦り切れた魂は単なる滅びの概念、死の残滓と成り果てる。この繭は、それらが集まり産まれた――いや、これから産まれようとしている禍津神《まがつかみ》のひとつです」

禍津神とは、厄災をもたらす神の呼び名だ。擦り切れ果てた魂は縒《よ》りあうことで糸となり、これほどまでの巨大な繭を作ったのだろうか。

宗純は思わず呟く。

「哀れな……」

それを受け、小野寺が皮肉な笑みを浮かべていった。

「多分、元々は哀れなのでしょう。しかし、哀れだろうがなんだろうが、人の世に禍《わざわい》をもたらすのならば殺すしかない。これらはまぁ、運が悪かったのです」

感傷が混じって悲痛な表情を浮かべてしまう宗純とは異なり、小野寺はこれに対して何の感慨も持たぬようだった。皮肉な笑みの底にある無表情を見て、宗純は初めて小野寺に恐怖に似た感情を抱く。

「小野寺殿は……喰われる事でこれを殺すとおっしゃいましたな。しかし、どうやって喰われるおつもりですか？」

恐怖の念を隠すように、宗純は無理矢理話題を変えた。実際、この繭は固そうで、どのような刀を以てしても切れるとは思えないのだ。

だが、宗純がそう疑問を口にしたその時だ。繭がぶるりと大きく揺れ、何かうねるようにうごめいた。

「！」

思わず一歩後ずさる宗純に、小野寺が平然と言い放つ。

「見ての通り、これはもうじき羽化いたします。目覚めたてはどんなものでも腹が一番減っているのが道理。目に入るものを手当たり次第に口にいたします」

「手当たり次第……！」

それでは自分も喰われるということか。一瞬狼狽《うろた》える宗純に、小野寺が懐《ふところ》から一枚の札を取り出すと、笑いながら差し出し言った。

「ご安心ください。山田殿は私が行う幕府の尻拭いを松平様に伝えて頂かなくてはなりません。この札を持ってどこか隅に居てくだされば、貴殿は襲われませぬので」

おずおずと手を伸ばし、その札を受け取りながら宗純は自分を羞《は》じる。死ぬことが怖いとは、なんたる無様かと腹の底で己を罵った。

宗純が札を受け取った瞬間だ。不意に周りの空気がのしかかるようにずしっと重くなる。小野寺が面白そうに呟いた。

「はじまりましたな。禍津神とはいえ、神が産まれる所など滅多に見られませぬぞ」

その言葉に振り返った宗純が見たものは、美しいような、悍《おぞ》ましいような、まるでその間にあるような情景だった。

繭の先端の真ん中辺りから、とろとろと蜜のようなものが滴っている。その蜜は繭を柔らかくする効果でもあるのか、固い岩のようだった繭の一部が徐々にほぐれ、幾筋もの糸へと変化していくのが見えた。

もぞり、と繭が大きく動いた。柔らかくなった糸をかき分けかき分け、真っ白い何かが蠢《うごめ》くのが見える。

やがて宗純は、それが驚くほど巨大な蛾《が》の頭だと気付いた。そこから這い出るものが蛇のような蟲だと思い込んでいたせいで、予想とは違うものに狼狽える。

「蛾……？」

思わず呟く宗純に、小野寺が言葉を返す。

「蛾や蝶《ちょう》は魂が転じたものだと言われておりますからな。ま、そういうことなのでしょう」

　蜜が触れた糸は柔らかくはなるのだが、切れるほどに脆《もろ》くはならないらしい。小器用に一本一本の糸をより分け何かが近づく。糸の壁が透けるほどに薄くなった頃、ついに繭が破れ、中から大量の液体と共に濡《ぬ》れた蛾の身体が這い出してきた。その液体からは、熟し切った梅酒のような、甘ったるい匂いが漂う。

　這い出してきたものは、とりあえず『蛾』に似ていたが、あきらかに『蛾』ではなかった。

　それには頭が二つあったのだ。

　太い櫛《くし》のような触角も四対ある。

　脚はげじげじのように細く、何十対もあった。足の先は濡れたような白い毛に覆われ薄く黄ばみはじめている。何か流動体のように鱗粉《りんぷん》が渦を巻く翅《はね》はぼってりと分厚く、これでは空など飛べまいと思えた。

　何より悍ましいのはその腹で、ぶよぶよとひっきりなしに動き、脇に空いた穴からぶじゅぶじゅと汁を零《こぼ》す。

——こんなものは神ではない。

宗純は強く感じた。これは化け物としか言い様がない。

しばらく二つの頭を巡らせ周囲を見ていた蛾であったが、やがて小野寺を見つけたようだ。深いウロのような四つの眼で小野寺を見つめ、羽化したてで重い身体を引き摺《ず》るようにして近づいてくる。小野寺の背を見つめながら、まるでその化け物が自分へ向かってくるような気がして、宗純は言いようのない恐怖を感じた。

さながら小山のような大きさの異形の蛾が殺到する姿は、山津波のような迫力がある。宗純は、己の体がなすすべ無く跳ね飛ばされて、粉々にされる姿を想像してしまう。

宗純が悲鳴を上げなかったのは上出来だった。武人としての最後の誇りで、丹田《たんでん》に力を込めてその場に立つ。

巨大な蛾は小野寺の前まで這うとピタリと止まる。前脚を伸ばして小野寺の体を器用に捕らえると、めりめりと音を立て、口と思しき場所が開いた。蛾のくせに中は明らかな肉の塊だった。棘《とげ》のような細かい歯のようなものがびっしりと生えている。

蟲のくせに、その口から漂う風は生臭い。まるで血が腐ったときの臭いのようだ。口腔《こうこう》内から唾液のような透明な液体が滴り、中で細かい歯がうねる。

そうして今にも小野寺を喰おうとした瞬間だ。

「その人から、離れろォ!!」

凄《すさ》まじい怒号と共に、黒い影が小野寺と蛾の間へと飛び込んだ。

四

間に合った。真っ先に思ったのはそれだった。次いで怒りが湧いてくる。

「化け物が！」

短く叫ぶと、加当は人間とは思えぬ膂力《りょりょく》で小野寺を捕らえる前脚を引きちぎる。途端にぐわんぐわんと空気が震え、ぎぃっと甲高い音が周囲に響く。

引きちぎられた前脚からは、どろりと黒い液体が零れ落ち、蛾の化け物が生木を引き裂いたような声を出して大きく悶《もだ》える。激しくその異形の蛾が暴れたせいで、加当と小野寺はそこから弾き飛ばされた。

「がッ……」

加当は小野寺を庇うようにして背中から地面に落ちる。

「小野寺殿ッ！」

慌てて近づいた宗純が、加当に気付き驚いた声を出す。

「お主、その右腕は……！」

その声にはっとした加当が腕を見ると、蛾に吹き飛ばされた拍子に着物が引きちぎられたのか、右袖が肩口から無くなっていた。そこから覗く右腕には、細い蔓のようなものが幾重にも巻き付いたような、異様に禍々しい真っ赤な痣《あざ》が浮いている。

――見られたか。

これを他人に見られることは、加当にとっては恥辱に等しい。諏訪大明神の憑代《よりしろ》の証《あかし》であると同時に、実の母親に売られた証でもあるからだ。

売られたことはかまわない。恥じているのは、死ぬとわかっているのにも拘わらず平気で子供を売り渡す、そんな女の血が自分にも流れていることだ。

思わず頭に血が上りかけるが、それをとどめたのは小野寺の冷静な声だ。

「何をしている」

さっさと一人身体を起こして立ち上がった小野寺が加当へ問う。怒っている気配はなく、ただ疑問に思ったから訊いている、そんなような声だった。

加当はそれに答えず、羞恥を怒りに転化するように、一声吼《ほ》えて蛾の化け物へ突っ込んでいった。

化け物のくせに小野寺を喰おうとした事が許せないのも事実だからちょうど良い。行き場のない怒りをぶつけるのにも最適だった。

「まったくあれは、こういうときだけはどうにも言うことを聞かんな」

自分の何倍もある異形へと立ち向かう加当の背を見て、小野寺が呆れたように呟いた。それに答えるように、背後からこれまた聞き覚えのある声がした。

「まぁそう言うな。あいつはお前が死ぬのが我慢できんのさ。お前が出て行ってからあんまりにも悄気《しょげ》るから、連れてきた」

「……お前まで来ていたのか」

そこに居たのは坂下だった。油紙が厳重に巻かれた小さな包みを懐に入れ、相変わらずの喰えない顔で立っている。

「俺は単なるあいつの付き添いだが、気が変わった。なんだあれ。あんなうまそうなものを独り占めするなんざ酷い話だ」

そう告げる坂下の表情は尋常では無かった。いかにも残忍そうな色を目に浮かべ、三日月に唇の端を吊り上げている。

「ちょっと喰ってくる。これを持ってそのへんで見てろよ」

坂下は小野寺に油紙の包みを押しつけるようにして渡すと、加当の後を追ってその場を駆け出す。小野寺が呆れたようにその背に声を掛けた。

「加当にはあまり無理をするなと伝えておけ。これ以上痣が出るのはいやだろう」

「お前が直接言えよ、そんなもん」

あっさり言うと、坂下は駆けながら、加当が引きちぎっている化け物の破片を拾ってぽいと口に放り込む。噛みしめて、にんまり笑った。

美味い。

こんなに美味いものは初めて喰ったかもしれない。そして、幾分腹に溜《た》まる味だった。

これはいい。

「加当、遠慮無くやっていいぞ。小野寺からのお墨付きだ！」

小野寺の言伝と真逆のことを叫んだのは、単純にそうした方が加当が張り切ると思ったからである。

加当が張り切れば、喰える部分が増えるだろうという純粋な下心だ。

禍津神を見る坂下の表情には、神に対する畏怖など微塵《みじん》もない。完全に餌を目の前にした、捕食者のそれだった。

坂下の言葉を聞いた瞬間に、加当は完全に覚悟を決めた。

「承知したッ!!」

吼えるように応えると、諏訪大明神の歌を低く唱える。

「野辺に住む獣《けだもの》　我に縁なくば憂《う》かりし闇になほ迷はまし」

神道集に収めてある、諏訪大明神の歌である。

己が殺すことで、解脱《げだつ》に遠い獣どもですら救われると言い切る傲岸な神の言葉だ。

この歌を唱えると、諏訪大明神が道を通って降りてくる。力を貸してくれるのではない。諏訪大明神自らが、分霊《わけみたま》と同じ理屈で勝手に加当の身体を使うと言った方が正しいだろうか。

年端もいかぬ子供を贄《にえ》に神を降ろしていたあいつらが、果たして何をしていたかなどには興味も無い。殺す行為にのみ手を貸してくる諏訪大明神の加護とて迷惑でしかない。諏訪大明神が求めるのは殺戮《さつりく》だけだ。今とて殺すことで救済を行うといえば聞こえは良いが、単にそういう仕組みだから殺してもかまわないと、己の所業を正当化しているだけのような気がする。

この力を使う度、あの忌々《いまいま》しい痣の面積が増していく。そうなると、諏訪大明神へとつながる道が更に強固になって、ますます支配されている部分が増えるのだ。それは酷く屈辱的で耐えがたい。

しかし、今だけはこの力を使える事に感謝すらしていた。

「こんな身体、いくらでもくれてやる！　だから、今だけは力を貸せ！」

叫ぶと同時に、加当は蛾の化け物の触角を引きちぎり、その眼に肩まで腕を差し入れ深く抉《えぐ》る。

絶叫のような声なき震動に吹き飛ばされれば、今度は密集する脚を一本一本引きちぎり、ぶよぶよとした腹を引き裂いた。

腹の皮は案外薄く、引き裂いた部分から内圧に耐えきれぬのか、どろりとした蟲の体液が吹き出して、加当はそれを頭からかぶってしまった。虫特有の青臭さの中に腐った血の臭いが混じっている。酷い臭いだ。

けれど、加当は怯むことなく蟲を引き裂く作業をやめない。

どこからそんな力が出てくるのかわからないくらい、それは易々《やすやす》と行えた。肉体が、まるで自分のものではないようだ。

だいぶ中に入られている。

ちらりとそう思ったが、すぐにそんなことはどうでも良いと思い返した。

「てめぇを殺せば、あの人が喰われる必要はなくなるってこったよなァ!?　俺でよければくれてやる、だから一緒に死にさらせ！」

言えなくなる前に本音をぶちまけ、加当はただ目の前の塊を殺すことだけに集中する。

自分が消えてなくなる前に、すこしでも小野寺に恩を返しておきたい。

加当の頭の中には、それしかなかった。

——美味い。

坂下の頭の中にはそれしかなかった。

加当によって肉塊と化したその蟲は、喰えば喰うほど美味さを増す。かなりの量を喰らっているというのに、全く飽きが来なかった。

あの坊主や志乃《しの》を喰ったときの外道の味もよかったが、いささか臭みがあるそれと異なり、蟲の肉は純粋に旨みしか感じない。

とろけるような歯触りもそうだが、五味の配分が完璧なその味に、坂下はなかば恍惚としてひたすらに喰い続ける。手が、口が止まらないのだ。

もしかするとこの不思議な高揚感は、鴉片《あへん》をやった時と似ているのかもしれなかった。尤も坂下は煙草すらやらない質なので、鴉片の臭いすら知らないのだが。

――この蟲はどうもその辺の化け物とは格が違うな。

無我夢中で肉を囓《かじ》り、体液を啜りながらも、坂下は頭の隅でそんなことを考える。

今まで坂下が喰ってきた化け物どもは、何故かあまり腹に溜まることがなかった。喰った直後は腹も膨れてくちくはなるが、しかし、あっという間にそれはなくなり、また小腹が空くような、中途半端《はんぱ》な飢えが残る。

けれど、これは違った。

喰えば確かに腹にとどまる。そのまますぐに己の血肉に変わるような、そんな気さえするほどだ。

飢饉の時から共にあった、あの忌々しい飢えが消える喜びに、坂下は己が腹も裂けよとばかりにひたすらにそれを喰らう。

引きちぎられた頭からこぼれる目は蜂の巣のように細かい組織に分かれており、囓るとぷちぷちとはじける感触が心地よい。蟲は外側こそ固いが中身は豆腐のように柔らかく、歯応えもどこか似ていた。

目玉は少し酸《す》いような気がしたが、頭の中身は甘さが際立つ。どこを喰ってもとにかく美味い。

坂下にとっての食事はいつも幸福であるが、今回は更にその先がある予感がする。

こんなものが喰えた喜びに、坂下は生まれて初めて神とやらに感謝した。

五

生きながらその身を壊され、そして喰われる苦しみに、その化け物はのたうち回り激しく暴れる。

吹っ飛ばされても振りほどかれても、二人はまたその化け物に喰らいつき、半刻も経った頃――。禍津神だというその化け物は、片目を抉られた頭を一つ残すだけという無残な姿になっていた。残りはすべて、坂下に喰い尽くされている。

流石に加当も力尽きたようにその場に昏倒《こんとう》していたし、坂下も同じように腹が一杯で動けない有様だった。

「これは……。一体何を見せられているのだ？」

宗純が呆然と立ち尽くし、ちいさく呟く。

「見ての通りですな。まったく、私が喰われる予定だったのに、逆にこいつらが神を喰らってしまったらしい」

呆れたような物言いだったが、珍しく小野寺の表情は穏やかだった。そのまま宗純が止める間もなく、すたすたと残った頭へ歩いて行く。

「小野寺殿……！」

何かを察し、宗純が声をかけたその時だ。

小野寺は残った頭の前に行くと、息も絶え絶えの異形の化け物を軽く蹴った。

「その程度か、化け物。最後の意地くらい見せてみろ」

まるで煽《あお》るような物言いに、宗純がぎょっとする。いくら頭一つになったとはいえ、まだそれは生きているのだ。

果たしてその異形は、小野寺のその声に最後の力を振り絞る。首だけの姿なのに大きく跳ねると、ばくりと口を開け、小野寺の左腕を食いちぎった。

赤黒い血潮が噴き出し、真っ白な蛾の頭を緋《ひ》に染める。

「小野寺殿！　なんて事を……！」

驚きのあまり、宗純が叫んだその時だ。ふいにぐらりと地面が揺れた。

「なんだ、地震か!?」

思わず喚《わめ》いた宗純だったが、そうこうするうち洞窟全体がぐわんぐわんと大きく揺れだし、あちらこちらが崩れ出す。慌てふためく宗純に、血が滴る左腕を押さえながら小野寺が言う。

「山田殿、はやくお逃げください。この分では、そう長くは持ちませぬぞ」

「しかし……」

流石に三人を置いてはおけず、宗純は躊躇うそぶりを見せる。その背を押したのは、小野寺の冷静な言葉だった。

「元々我らは死人も同然。ここで終わるのが一番良いでしょう。宗純殿には松平様に事の顛末をお伝えいただかねばなりませぬ。それが私どもの願いです」

立ち尽くす宗純を残し、小野寺はゆっくりと倒れている二人の元へ向かう。落石が激しくなり、やがてその姿が見えなくなる。

「小野寺殿……!」

宗純の叫びだけがむなしく響いた。しかし、返事をする者はだれもいない。

崩落が収まったあと、そこに残っていたのは宗純ただ一人——何もかもが瓦礫《がれき》に埋まった後だった。

終わりはいつも唐突に訪れる。

六

だからこれは、蛇足の話だ。

鳴沢《なるさわ》村のはずれには、谷村《やむら》藩の山城跡がある。代官所の人間がたまに見回るくらいで今はそこを訪れる者など殆《ほとん》ど居らず、半ば朽ちかけた石碑だけが湖を見下ろすように残っていた。

その石碑が不意にぐらぐらっとゆれると、ズン……という地響きと同時に倒れる。衝撃でぱっと枯れ葉が舞うが、その程度だ。

石碑の下には、大きな穴が空いている。その穴からひょいと顔を出し、周囲を窺《うかが》う者があった。坂下である。

誰も居ないことを確認すると、坂下は穴から這い上がり、下に向かって声を掛けた。

「大丈夫だ、誰も居ないぞ」

それを合図に、まずは加当が、次いで小野寺が穴から外へ出る。三人とも埃まみれで髪も衣服も乱れていたが、別段怪我もないようだ。

倒れている石碑に書かれている文字を見て、坂下が感心したように呟く。

「ここは……鳴沢か。すごいな、こんなところに繋がってたのか」

「あの辺りの洞穴はあちらこちらと繋がっている。行き止まりに当たらなかったのは運が良かった」

小野寺の言葉に、坂下が肩を竦《すく》めた。

「食い物の無いところで生き埋めってのが一番ぞっとしねぇな。押し潰されて死んだ方が未《ま》だマシだ」

「だから運が良かったと言っている」

二人の会話をだまって聞きながら、加当はぼんやりと先刻のことを思い出していた。

洞穴が崩れだしたあの時。落石をかいくぐり現れた小野寺によって加当と坂下は横穴へと放り込まれた。よく見れば小野寺には左腕がなく、加当はひどくうろたえたのを覚えている。

幸いにも揺れは直ぐに収まったが、ろくに明かりも無いまま、手探りでひたすら歩かされ、運良くここへ出られたのだ。

たっぷりと喰った坂下はともかく、加当の方は気力も体力も諏訪大明神にだいぶ持って行かれ、歩くのもやっとというありさまだった。今も喋る気力が殆ど無い。

ぼんやりとその場にへたり込んでいると、呆れたような声が上から振ってくる。

「奉行所で大人しくしていれば良いものを……。言いつけを守らぬから、そういう目に遭う」

見上げると、いつもよりは幾分優しい表情の小野寺と目が合った。

「でも……」

「でももへちまもあるか。だいぶ諏訪大明神との繋がりが濃くなっている。ますますあれが調子に乗るぞ」

小野寺の言葉に、自分の身体を見た加当は思わず絶句する。蔓の痣が腕だけではなく、胴体にまで広がっていたからだ。これがすべて諏訪大明神の取り分なら、ますます加当は人から遠ざかったことになるだろう。

しかし、加当としてはそんなことより気になるのは小野寺の左腕だ。着物の袖口を縛って血止めは済ませているが、肘から先がきれいになくなっている。一体何があったのか記憶にない為、ただただ困惑することしか出来ない。

加当の視線に気付いた小野寺が、事もなげに言った。

「ああ、これか。お前達があまりに一方的に『あれ』をなぶり殺しにしていたのでな。呪いの塊のような物が何一つ無念を晴らせぬのも気の毒な話だから、腕を片方くれてやった」

「くれてやった、って……！」

絶句する加当に、小野寺が更に続ける。

「神に限らず、何かを呪おうとするには強い末期《まつご》の怨《うら》みが必要なのだ。だが、あの神のなり損ないは最後に私の腕を喰ったことで満足してしまった。ま、恨みを抱いて死ぬよりは幾分かましだろう」

　だからといって、左腕を犠牲にするようなことなのか。そう言いかける加当に、小野寺はあっさり言った。

「私の体の大本は人の骨に砒霜と香の煙だからな。どこぞで骨を拾って砒霜を塗って、香を焚けば腕などいくらでも生えてくる。しょせんはその程度のものなのだ。お前もこんなものを救おうとして命など賭けるな」

「だ、だけど……」

　それは違うと思ったが、口下手な加当にはそのことを言葉に出来ない。助け船を出したのは坂下だった。

「まぁまぁ。それでもこいつはお前が喰われるのが嫌だったんだ。たまの我儘くらい聞いてやれ」

　坂下は腹一杯美味いモノが喰えたので機嫌が良い。そんな坂下に、小野寺があからさまに不機嫌な声で訊く。

「お前もお前だ。何故わざわざあそこに来た？　お前は誰かを助けようなどという殊勝な事を考える男ではあるまいに」

　その問いに、坂下が初めて何かを思い出したようにぽんと手を打つ。

「おお、それよ、それ。さっき渡した包み、持ってるか？」

「……これか？　これが一体……」

懐から小野寺が、押しつけられたあの包みを取り出すと、坂下が事も無げに言う。

「そうそう、それだ。お前が未練だと言った本だが、お前が出かけた直後に届いてな。それでお前が喰われる前に渡そうと思って追いかけたんだ」

「……は？」

それを聞いた小野寺が、ほんの一瞬絶句した。その隙に坂下が更に続ける。

「お前はどうにも本を読んでいるときだけは、妙に人がましいところがあったからなぁ。いくら死ぬ事を恐れていないとはいえ、本には多少の未練があるんじゃないのか？」

「……ふむ。確かに知識を得ることだけは楽しかったな。おかげで人の真似《まね》事《ごと》も上手くはなった。私に少しでも人がましい部分があるとすれば、書物のおかげかもしれん。お前の言うとおり、未知なる本が読めなくなる事は少々惜しいか」

すぐに絶句から立ち直った小野寺が、どこか他人事のように言う。それを見て、面白そうに坂下が続ける。

「だろう？　本当はあのくそ坊主と離れた隙にでも本を渡して戻ろうと思ったんだが、なかなかその間がなくてな。あとを付けているうちに、あれに出くわしたというわけだ。お前が喰われそうになって、加当が血相を変えて飛び出したときは焦《あせ》ったが、結局全部丸く収まったんだ、それでいいだろ」

　ぽんぽんと歯切れ良くまくし立てる坂下に、小野寺が呆れたような顔をしつつ、それでも素直に頷いた。

「……そうだな。丸く収まった事だし、良しとするか」

「喰われるのももうおしまいだろう？」

　茶化すような坂下に、小野寺がにこりともせずに言う。

「その必要も無いからな」

　それを聞いた加当がなんとも言えない明るい表情になったが、しかし余計なことは何も言わなかった。代わりに口を開いたのは坂下だ。腹がくちくなったせいか、幾分眠そうな顔で言う。

「さて、これからどうする？　あのくそ坊主は俺たちが死んだと思い込んでるだろうから、当然公儀にそう報告するだろう。戻る場所がないぞ」

「元々戻る気なぞなかったからな。とはいえ我らは如何《いか》物喰《ものぐ》いと人でなし、そして神と人の半端者だ。今更戻る必要もなかろう」

「それもそうだな」

　けろりとした二人の会話に、事情が飲み込めぬ加当だけが目を瞬かせている。そんな加当を見て、初めて小野寺が少し笑った。

「どの道我らは人の世からのはみ出し者だ。しがらみが総《すべ》て無くなったのだから、このまま風の吹くまま気の向くまま、あちこちさすらうのも悪くは無かろう」

「それって……」

加当の表情が更に明るくなる。それを受け、坂下が欠伸混じりに更に続けた。

「俺たち三人が連《つる》むのは、まるきり化け物道中だ。まぁ、そっちの方が食いっぱぐれはないだろうし、俺は美味いモノが喰えればそれでいい」

「お、俺もそれでいい」

慌てて加当が賛同すると、坂下が小野寺を見て笑う。

「決まったな」

小野寺もまた小さく頷く。

「そうだな。決まった。では、ここから何処へ行くかを決めるか」

腕も治さねばならぬしな、と呟く声は微《かす》かだった。

振り仰ぐ空は、相変わらず雲が早い。

けれど風の中には、微かに鳥の声が混じっていた。